Chère lectrice,

L'été se termine, mai~~~~~~~~~~~~~~~~~~~~~~~~~~~~gnie des héros de ce mois de septembre, pleins d'humour et de tendresse…

Dans *Pour le bonheur d'un prince* (n° 2025), le dernier volet de votre série Mariage royal, vous découvrirez en effet à travers les aventures de Shannon et Marco que l'amour se trouve toujours là où on s'y attend le moins… C'est aussi l'expérience que fait Henry dans *Le pari de l'amour* (n° 2026). Car ce gentleman célibataire habitué à marier ses amis va comprendre que, à son tour, il est tombé amoureux… Dans *Une maman idéale* (n° 2027), c'est un bébé de sept mois, la petite Katie, qui va faire prendre conscience à Amelia et Larrie, collègues dans un cabinet d'avocats, qu'ils sont amoureux l'un de l'autre alors qu'ils pensaient cordialement se détester ! Eh oui, dans le domaine professionnel, les relations entre collègues ne sont pas toujours simples. Careen peut en témoigner elle aussi puisque, dans *Un papa inespéré* (n° 2028), elle tombe amoureuse… de son patron ! Enfin, dans *Un mariage de rêve* (n° 2029), vous verrez comment, entre Katie et Jared, la passion est née en un seul regard…

Bonne lecture !

La responsable de collection

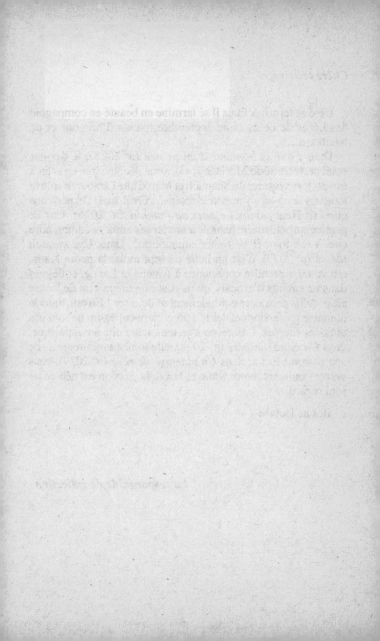

Le pari de l'amour

MELISSA McCLONE

Le pari de l'amour

COLLECTION HORIZON

éditions Harlequin

Cet ouvrage a été publié en langue anglaise
sous le titre :
THE BILLIONAIRE'S WEDDING MASQUERADE

Traduction française de
CATHERINE BELMONT

HARLEQUIN®

est une marque déposée du Groupe Harlequin
et Horizon® est une marque déposée d'Harlequin S.A.

Originally published by SILHOUETTE BOOKS,
division of Harlequin Enterprises Ltd.
Toronto, Canada

1.

— Pourquoi souris-tu ? demanda Cade Waters à Henry Davenport, à peine furent-ils installés dans l'un des box du Berry Bistrot. D'ordinaire tu n'es pas vraiment un inconditionnel de ce genre d'endroit.

— Il est vrai que je préfère les restaurants gastronomiques aux fast-foods, rétorqua son ami en enveloppant d'un regard appréciateur la jeune femme qui se faufilait entre les tables, mais, si toutes les employées des cafétérias avaient autant de charme que celle-là, je ne mangerais plus que des hamburgers et des pizzas.

— Depuis quand t'intéresses-tu aux blondinettes mal fagotées ?

— Depuis cinq minutes. Ce n'est pas parce que cette fille porte un tablier amidonné, une jupe informe et des chaussures à talons plats qu'on doit la traiter de laideron. En robe du soir et en escarpins, elle aurait l'air d'une princesse.

— Il t'arrive souvent de déshabiller une inconnue des yeux ?

— Non. Je suis trop bien élevé pour faire une chose pareille.

Ignorant le « hum ! » dubitatif que lui avait valu sa réplique, Henry imagina la jolie serveuse du Berry Bistrot vêtue de dentelle arachnéenne et sentit une flambée de désir accélérer son pouls.

— Tu as eu raison d'obliger Cade à s'arrêter dans ce snack-bar, dit-il à Cynthia Sterling, la fiancée de son ami. La vue qu'on a d'ici est captivante et nous allons certainement nous régaler.

— L'enseigne a attiré mon attention parce qu'il était midi moins le quart et que je mourais de faim, précisa-t-elle de sa voix musicale, pas parce que j'avais lu dans mon guide touristique que cette cafétéria était un haut lieu de la gastronomie.

— Quel que soit le plat du jour, je ne me plaindrai pas. Si on nous apporte une pizza calcinée, des pâtes mal cuites ou un ragoût de bœuf trop épicé, je me consolerai en admirant le personnel.

— Je n'aurais pas cru qu'une simple serveuse pourrait avoir cet effet-là sur toi.

— Je suis déjà sorti avec des actrices, des top models et des femmes du monde. Rien ne m'empêche donc d'élargir mon champ d'investigation et de séduire une « simple serveuse », comme tu dis. Depuis le temps que tu me connais, tu devrais savoir que je suis très éclectique en amour et que j'adore varier les plaisirs.

— Tu te souviens de notre première rencontre et de la soirée que nous avons passée à l'Opéra ?

— Oui, mais c'était très différent.

— Pourquoi ?

— Parce qu'il n'y avait que de l'amitié entre nous.

— Encore heureux ! s'exclama Cade après avoir entouré d'un bras possessif les épaules de sa fiancée. Si j'apprenais que tu as épinglé Cynthia à ton tableau de chasse, Davenport, je t'assommerais d'un crochet du droit et je t'enverrais brûler en enfer.

— Au lieu de me menacer des pires représailles, remercie-moi d'avoir joué les conseillers matrimoniaux car, sans mon aide, tu n'aurais peut-être pas réussi à trouver l'âme sœur.

— Imaginons que je te rende la pareille et que j'arrive à convaincre ta jolie serveuse de te suivre jusqu'à ton domicile. Que ferais-tu d'elle ? Tu l'engagerais comme soubrette et tu lui demanderais d'épousseter tes meubles ?

— C'est une idée. Vêtue d'une minirobe noire et d'un tablier à volants, elle serait à croquer.

— Ce dont tu as besoin, Henry, ce n'est pas d'une femme de ménage, aussi ravissante soit-elle, c'est d'une femme tout court, déclara Cynthia en posant sa main gauche sur la nappe et en faisant jouer sous le soleil les reflets irisés de la magnifique bague incrustée d'émeraudes et de diamants qu'elle portait à l'annulaire.

— Tiens ! s'étonna-t-il, tes ongles ont repoussé.

— Quand je suis revenue de l'île déserte où tu m'avais expédiée, ils étaient dans un état lamentable, mais ma manucure m'a donné un produit miracle qui a effacé en un rien de temps les traces du cauchemar que j'avais vécu.

— Quelle bonne idée j'ai eue de vous offrir, à Cade et à toi, une semaine de vacances sur un caillou venteux au milieu de l'océan ! Les épreuves que vous avez traversées vous ont rapprochés.

— Pendant que nous crapahutions sous les tropiques en faisant de notre mieux pour échapper aux mille et un dangers qui nous menaçaient, nous nous sommes effectivement rendu compte que nous nous aimions et, comme nous n'étions pas certains de rentrer indemnes aux Etats-Unis, nous avons cherché le réconfort dans les bras l'un de l'autre.

— D'où l'intérêt de continuer à organiser ce genre d'aventure !

L'une des excentricités favorites de Henry consistait, le 1er avril de chaque année, à envoyer ses amis célibataires aux quatre coins du monde pour le seul plaisir d'exercer ses talents de marieur.

— Des fiançailles aussi réussies que les vôtres valaient bien quelques bobos, dit-il à Cade et à Cynthia.

— Quelques bobos ! répéta celle-ci d'un air indigné. Tu oublies que je me suis enfoncé une tige de bambou dans le pied et que j'ai dû être hospitalisée dès mon arrivée à Portland.

— Je suis désolé que tu te sois blessée, mais je ne pouvais pas deviner que tu perdrais tes sandales au début de tes vacances.

— Les accidents comme le mien sont plus fréquents que tu ne le crois, surtout quand on est obligé de dormir à la belle étoile et qu'on n'a pas une âme de scout. Alors, Dieu sait ce qui se passera la prochaine fois que tu expédieras un homme et une femme au cœur de la forêt amazonienne ou au sommet de l'Everest !

— Ils imiteront Brett et Laurel Matthews, qui ont prononcé le « oui » fatidique une semaine seulement après leur retour de Manaus et qui ont ensuite donné le jour à une adorable petite fille dont j'ai l'honneur d'être le parrain. Depuis que j'ai tenu Noëlle sur les fonts baptismaux, je me dis que j'ai eu raison de pousser ses parents vers l'autel et que je devrais ouvrir une agence matrimoniale pour montrer à la terre entière mes talents de psychologue.

— Si tu continues à t'envoyer des fleurs, tes chevilles vont se mettre à enfler.

— Aucun risque ! Je suis la modestie personnifiée.

— A te voir bomber le torse, on ne le croirait pas.

— Il est normal que je sois fier de mes succès. Rien ne me plaît davantage que d'aider mes amis à trouver l'amour avec un grand A.

— Tu voudrais peut-être qu'on te surnomme Cupidon ? lança Cade d'un ton goguenard.

— Non, je préfère que vous m'appeliez Henry. J'adore les arcs et les flèches, mais les méthodes que j'emploie sont plus subtiles que cela.

10

— Et comment sais-tu qu'un homme et une femme sont faits l'un pour l'autre ?

— Grâce à mon intuition et à…

— Quels que soient tes dons d'entremetteur, coupa Cynthia, tu n'as pas le droit de t'immiscer dans la vie des gens.

— Si, la détrompa Henry, car il serait égoïste de ma part de les laisser se morfondre alors que le bonheur dont ils rêvent est à leur portée et qu'ils ne le voient pas. Sans les vacances « paradisiaques » que je t'ai offertes, tu n'aurais pas osé avouer à Cade que tu l'aimais et tu serais restée seule jusqu'à la fin des temps.

— Bien que je te sois reconnaissante de m'avoir ouvert les yeux, je continue à penser que tu ne devrais pas te mêler de ce qui ne te regarde pas. L'un de tes copains pourrait te reprocher un jour de lui avoir brisé le cœur en essayant de l'aider.

— Tu voudrais que j'arrête d'organiser des escapades amoureuses ?

— Oui. Plus tôt tu cesseras de manipuler ton entourage, mieux cela vaudra.

— A supposer que je suive ton conseil, mes amis seront très déçus.

— Je ne crois pas. Tu donnes tellement de cocktails et de soirées à longueur d'année que tes petites fêtes du 1er avril ne leur manqueront pas.

— Je suis persuadé, au contraire, qu'ils les regretteront. Depuis que Brett et Laurel se sont mariés, les autres célibataires du groupe ont hâte de se lancer dans l'aventure et je les comprends.

— Si tu savais ce que c'est que de passer une semaine sur une île déserte, à la merci d'un cyclone, ou dans une forêt infestée de moustiques et de serpents venimeux, tu changerais d'avis.

— Pas du tout ! J'aimerais bien qu'on m'offre des vacances au milieu de nulle part et qu'on me mette au défi d'y trouver le bonheur.

— Tu es sérieux ?

— On ne peut plus sérieux. J'ai toujours adoré l'imprévu et le danger.

— Fais attention à ce que tu réclames, Henry, conseilla Cade, car tes vœux risquent d'être exaucés.

— Cela m'étonnerait. Il faut de la patience pour organiser une escapade et, quand nous serons de retour à Portland, Cynthia sera tellement débordée de travail qu'elle n'aura pas une minute de libre. Les préparatifs de votre mariage l'empêcheront de…

Voyant la serveuse du snack-bar traverser la salle d'une démarche aérienne, Henry s'interrompit net, fasciné par sa grâce naturelle et par sa beauté. Avec son visage en forme de cœur où brillaient de grands yeux bleu saphir, son petit nez mutin piqueté d'éphélides et ses longs cheveux couleur de lune que retenait un ruban de velours azuré, elle ressemblait à ces princesses de contes de fées qu'avait croquées Walt Disney.

— Bienvenue au Berry Bistrot, lança-t-elle après avoir sorti un bloc-notes et un crayon de la poche de son tablier. Puis-je prendre votre commande ?

— Si les spécialités de la maison sont aussi délicieuses que vous, Lizzie, rétorqua Henry en effleurant du regard le badge qu'elle avait épinglé à son chemisier, il est inutile que j'ouvre la carte pour faire mon choix. Je sais d'avance que je vais me régaler.

— Je m'appelle Elisabeth, monsieur, corrigea-t-elle, indifférente au sourire enjôleur dont il la gratifiait. Elisabeth avec un « s ».

— Oh ! mille pardons, s'exclama-t-il, étonné que son offensive de charme eût échoué. Je ne voulais pas vous froisser.

— En attendant de consulter le menu, que désirez-vous boire ?

— Surtout pas de champagne ! répondit Cynthia à la place de Henry. Nous devons aller visiter les caves du comté de Yamhill cet après-midi et il vaut mieux que je reste sobre jusque-là.

— Aimez-vous le thé glacé ?

— Non. Je préfère le Perrier.

— Navrée, je n'ai que de l'eau plate à vous proposer, mais elle vient d'une source locale et elle est très riche en sels minéraux.

— Dans ce cas, apportez-nous-en trois verres et ajoutez des rondelles de citron.

— Bien, mademoiselle ! acquiesça Elisabeth avant de glisser son calepin au fond de sa poche et de tourner les talons.

— Tu es vraiment attiré par cette fille ? demanda Cynthia à Henry.

— Pour ne pas la trouver séduisante, il faudrait être difficile, murmura Cade en suivant la jeune serveuse du regard.

— Maintenant que nous sommes fiancés, lui dit Cynthia d'un air vexé, je devrais être la seule femme au monde à te plaire.

— Mais tu l'es, mon amour ! se récria-t-il. Tu l'es, je te le jure.

— Sur la tête de qui ?

— Du bâtonnier de l'ordre des avocats. Comme mon avenir professionnel dépend de lui et que je ne tiens pas à être radié du barreau, tu peux être certaine que je te dis la vérité, toute la vérité, rien que la vérité.

Habitué aux scènes de jalousie de Cynthia et à la grandiloquence de Cade Waters, dont les plaidoiries auraient arraché des larmes à un bloc de granit, Henry esquissa un sourire amusé, puis coula un œil en direction d'Elisabeth et sentit le rythme de son cœur s'accélérer. Debout au fond de la salle, elle retirait d'un vase les roses qui s'étiolaient dans une flaque de soleil et, avec son chemisier blanc sur lequel tranchaient les pétales rouges des fleurs, elle ressemblait à une jeune mariée. L'espace d'un battement de cils, il l'imagina sortant de la petite église de Berry Patch, vêtue d'une longue robe immaculée, et éprouva une telle animosité envers l'homme qui aurait le bonheur de l'épouser qu'il s'empressa de baisser les paupières pour ne plus la voir virevolter entre les tables du snack-bar, son bouquet à la main.

— Allons chercher un autre endroit où déjeuner, dit-il à ses amis dès qu'elle se fut engouffrée dans la cuisine.

— Que reproches-tu à cette cafétéria ? lui demanda Cade, stupéfait.

— De manquer de personnel. Cela fait des siècles que nous patientons et nous n'avons encore rien avalé.

— Forcément ! Tu n'as même pas pris la peine de consulter le menu.

— Inutile d'y jeter un œil ! marmonna Henry. Vu le peu de clients qui ont poussé la porte du Berry Bistrot depuis notre arrivée, le plat du jour doit être immangeable.

— Tu as dit le contraire il y a un instant, lui rappela Cynthia, un sourire taquin aux lèvres. Aurais-tu peur, toi le célibataire le plus endurci de tout l'Oregon, de succomber au charme de… la région ?

— Certainement pas ! Je suis moins timoré que tu ne le crois.

— Alors, pourquoi es-tu pâle comme un linge ?

— Parce que j'ai l'estomac dans les talons.

— Demande à ta serveuse de t'apporter une grosse part de pizza ou une double ration de *chili con carne* et tu reprendras des couleurs.

— Elisabeth n'est pas « ma » serveuse. Je la trouve ravissante, mais je ne tombe pas amoureux au premier regard.

14

— A voir la manière dont tu la dévisageais pendant que je me disputais avec Cade, j'aurais juré que tu rêvais de l'épouser.

— Ce qui prouve que tu manques de perspicacité. Si je devais passer ne serait-ce qu'une soirée en sa compagnie, je suis sûr que je m'ennuierais à mourir. Nous vivons dans des milieux tellement différents, elle et moi, que nous n'aurions rien à nous dire.

— Quand tu emmènes tes petites amies au restaurant, tu te moques pas mal de leur conversation.

— Elisabeth ne ressemble à aucune des femmes que je connais. Elle a l'air innocente et fragile.

— Tu en as séduit d'autres qui croyaient au bonheur éternel et leur naïveté ne t'a pas empêché de les laisser tomber.

— Comme quoi, tout le monde peut changer.

Cynthia se leva de la banquette et sortit un poudrier de son sac à main.

— Puisque tu es devenu un modèle de délicatesse et de galanterie, ironisa-t-elle, tu permets que j'aille me refaire une beauté avant de partir ?

— Oui, mais ne sois pas trop longue, bougonna Henry. Plus vite nous nous en irons d'ici, mieux je me porterai.

« Quel arrogant, ce type ! fulmina Elisabeth après avoir décapsulé une bouteille d'eau minérale et rempli à ras bord les trois verres en cristal qu'elle avait descendus d'un vaisselier. Parce qu'il a un physique de jeune premier, il s'imagine qu'il lui suffit de sourire pour qu'on se prosterne à ses pieds. »

— Ce sont les clients de la table 4 qui t'ont réclamé ça ? questionna Kathy Alexander à la vue des tranches de citron, des morceaux de zeste râpé et des lamelles d'écorce qu'Elisabeth avait artistiquement disposés sur une assiette à dessert.

Propriétaire du Kathy's Korner Kafe depuis dix-neuf ans, Kathy avait rebaptisé le snack-bar « Berry Bistrot » au début de l'été, lorsque les vins du comté de Yamhill étaient devenus célèbres dans tout le pays grâce au livre à succès d'un œnologue réputé.

— Oui, acquiesça Elisabeth.

— L'homme aux yeux gris et aux cheveux châtain clair qui porte un costume en lin bleu marine ressemble à un acteur de cinéma.

— Ses yeux ne sont pas gris, mais noisette.

— Je ne savais pas que tu étais aussi observatrice. D'habitude, tu es incapable de décrire les clients.

— Celui-là m'a tellement énervée que je n'ai pas pu m'empêcher de le dévisager.

— Pourquoi t'a-t-il agacée ?

— Parce qu'il a eu le toupet de m'appeler Lizzie. Chaque fois que j'entends ce diminutif, je repense à Lizzie Borden, la jeune fille qui a tué ses parents à coups de hache, et j'en suis toute retournée.

— Moi, j'aurais été flattée que cet apollon m'ait remarquée. Lorsque tu es allée prendre sa commande, tu n'as pas essayé d'engager la conversation ?

— Non, parce que je n'aime pas les hommes trop beaux qui se permettent de flirter avec des inconnues.

— Je me souviens d'une époque où tu étais plus sensible au charme masculin.

— C'était il y a une éternité.

— A ton âge, mon petit, on n'emploie pas ce mot-là.

— Et, à ton avis, qu'aurais-je dû dire au client de la table 4 quand il m'a fait les yeux doux ?

— Que, si ses amis et lui voulaient visiter la région, tu serais enchantée de leur servir de guide.

— J'ai d'autres chats à fouetter en ce moment.

— Tu n'as pas trouvé de remplaçant à Manny ?

— Pas encore.

Manny Gallegos était le régisseur de la Wheeler Berry Farm, le domaine planté d'arbres fruitiers dont Elisabeth avait hérité. D'origine mexicaine, il avait été obligé de retourner à Hermosillo au mois de septembre pour des raisons familiales et, depuis, Elisabeth n'avait plus personne pour s'occuper des vergers.

— Je croyais qu'il rentrerait à la maison le week-end prochain, murmura Elisabeth, mais il m'a expliqué au téléphone que l'état de sa mère s'était aggravé et qu'il allait rester à son chevet.

— Tu devrais résilier son contrat de travail.

— Je ne peux pas faire une chose pareille. Il a été le bras droit de mon père pendant des années et, sans lui, je me demande comment mon frère, mes sœurs et moi, nous nous serions débrouillés après la mort de nos parents. Si je le licenciais maintenant, je serais la pire des ingrates.

— Que vas-tu faire en attendant qu'il revienne à Berry Patch ?

— Engager un ouvrier agricole.

— A supposer que tu en trouves un, avec quoi le paie-ras-tu ?

— Je ne sais pas. J'ai promis à Manny de continuer à lui verser son salaire jusqu'à son retour et je n'ai pas les moyens de rétribuer deux employés. Pour éviter que le domaine ne périclite, il faudrait que je vous donne ma démission et que je m'occupe exclusivement des vergers, mais ce ne serait pas une bonne solution non plus. Les fruits ne se vendent pas très bien depuis quelque temps et j'ai de lourdes traites à payer.

— Si tu continues à assumer seule toutes ces responsabilités qui te gâchent la vie, tu vas finir par tomber malade.

— Je n'ai pas le choix, madame Alexander. Comme je suis l'aînée de la famille, il est normal que je subvienne aux besoins de mon frère et de mes sœurs.

— Laisse-moi apporter leur bouteille d'eau aux clients de la 4 et sors prendre l'air. Tu as une mine de papier mâché et des cernes sous les…

— Excusez-moi de vous déranger, interrompit l'élégante jeune femme blonde qui avait réclamé des rondelles de citron dix minutes plus tôt et qui arborait à l'annulaire gauche une bague de fiançailles digne d'une altesse royale. J'ai oublié de vous dire de mettre des glaçons dans nos verres.

— Je… je m'en occupe, mademoiselle, bredouilla Elisabeth avant de s'enfuir de la cuisine, le regard embué de larmes, et d'aspirer une grande bouffée d'oxygène.

« Qu'est-ce qui m'arrive ? se demanda-t-elle en s'adossant au tronc moussu du vieux sycomore dont l'épaisse ramure ombrageait l'arrière-cour de la cafétéria. Depuis que je travaille au Berry Bistrot, c'est la première fois que je me donne en spectacle. Si je ne veux pas perdre mon emploi, il va falloir que je trouve très vite un remplaçant à Manny ou que je vende le domaine. »

Honteuse de ne pas avoir su se maîtriser, elle essuya ses yeux rougis du plat de la main et regagna son poste à longues enjambées.

— Tu te sens mieux ? lui demanda Kathy.

— Oui, affirma-t-elle. Cela m'a fait du bien de souffler un peu.

— Permets-moi de te présenter Cynthia Sterling. Je lui ai expliqué ta situation et elle m'a dit qu'elle allait régler tous tes problèmes.

— Je vous ai entendue confier à Mme Alexander que vous aviez besoin de quelqu'un pour vous aider à la ferme, dit Cynthia à Elisabeth dès que Kathy se fut éclipsée. Or, mon ami Henry Davenport — l'homme aux cheveux châtain clair qui était assis en face de mon fiancé et de moi dans le box — cherche du travail. Jusqu'à ces dernières semaines, il était riche à millions, mais il a mal investi son argent et s'est ruiné à la Bourse. Si vous acceptiez de lui offrir un emploi, même modeste, il pourrait oublier ses ennuis financiers et repartir de zéro.

— Diriger un domaine de cinquante hectares demande du courage et de la persévérance, répliqua Elisabeth, interloquée par cette proposition qui tombait du ciel.

— Henry en a à revendre.

— Il aime bricoler ?

— Enormément. Chaque fois que l'un de mes robinets fuit ou que ma chaudière tombe en panne, je m'adresse à lui. C'est un touche-à-tout de génie.

« A le voir, on ne le dirait pas », pensa Elisabeth en examinant d'un regard critique le costume trois pièces qu'avait revêtu Henry. Un homme habitué à se salir les mains aurait porté un jean et un sweat-shirt, pas un pantalon et une veste de lin ni une chemise au col empesé.

— Bien que mon régisseur ait dû quitter son poste, je continue à lui verser son salaire, expliqua-t-elle à Cynthia. Je n'ai donc pas les moyens d'embaucher votre ami.

— Dans ce cas, je paierai moi-même la totalité de ses gages.

— Puisque vous tenez tant que cela à l'aider, pourquoi ne lui donnez-vous pas de l'argent ?

— Parce qu'il a sa fierté et qu'il préférerait se tirer une balle dans la tête que de me demander l'aumône.

— Je le comprends. A la mort de mon père, je n'aurais pas aimé non plus qu'on me fasse la charité.

— Si vous acceptiez de l'engager, vous lui éviteriez d'aller dormir sous les ponts. Comme il était criblé de dettes, le pauvre a dû vendre aux enchères la propriété qu'il avait héritée de ses parents.

— Vous voulez dire qu'il est sans domicile ?

— Exactement.

« Je ne savais pas qu'un S.D.F. pouvait avoir l'air d'une gravure de mode », faillit répliquer Elisabeth en glissant de nouveau un œil par la porte entrebâillée de la cuisine et en admirant l'élégance avec laquelle était habillé Henry.

— Désolée, lança-t-elle à Cynthia après quelques secondes de réflexion, mon frère, mes deux sœurs et moi occupons toutes les chambres de la ferme. Il me sera donc impossible d'héberger votre ami.

— Il n'y a pas un fenil ou une écurie à côté de votre maison ?

— Si, mais je me vois mal demander à M. Davenport d'y passer ses nuits.

— Où vit votre régisseur quand il est à Berry Patch ?

— Dans une grange qu'il a lui-même transformée en duplex.

— Et dont il vous a confié les clés ?

— Non.

— Quel dommage ! Henry aurait été tellement heureux d'avoir un toit au-dessus de sa tête ! Vous êtes sûre de ne pas pouvoir lui offrir l'hospitalité ?

— Sûre et certaine. Comme je suis l'aînée de la famille, je dois veiller à la sécurité de mon frère et de mes sœurs, et je n'aime pas les laisser seuls avec un inconnu pendant mon travail.

— Henry n'est ni un dangereux psychopathe ni un repris de justice. Au cas où vous douteriez de sa moralité, je vais vous donner une liste de gens qui se porteront garants de lui.

— Je veux bien les appeler de votre part, mais, une fois que je leur aurai téléphoné, je ne vous promets pas d'engager votre ami.

— Même si je vous verse dix mille dollars cash dès aujourd'hui et que je vous rembourse ensuite de tous vos frais ?

— Dix mille dollars ! répéta Elisabeth, abasourdie. Vous plaisantez ?

— Absolument pas !

Après avoir extirpé un stylo de son sac à main, Cynthia brandit son carnet de chèques et y inscrivit le montant à grands traits de plume.

— Embauchez Henry, ajouta-t-elle, et cette somme vous appartiendra.

— Imaginons que M. Davenport décide de quitter son emploi au bout d'une semaine. Que devrai-je faire ?

— Rien.

— Vous voulez dire que j'aurai le droit de garder l'argent et d'acheter du matériel agricole avec ?

— Oui. Il sera à vous, quoi qu'il arrive, et vous l'utiliserez comme bon vous semblera.

« Je rêve ! » songea Elisabeth en résistant à la soudaine envie qui lui venait de se pincer pour s'assurer qu'elle n'était pas victime d'une illusion. Le nouvel épandeur dont elle avait besoin valait précisément dix mille dollars et elle avait cru ne jamais pouvoir se l'offrir.

— Voici la liste des témoins de moralité dont je vous ai parlé ! déclara Cynthia avant d'arracher l'une des feuilles de son agenda et de la lui tendre. Prenez mon portable et appelez ces personnes dès maintenant.

— Vous n'avez pas peur qu'elles trouvent mon coup de fil bizarre et qu'elles me raccrochent au nez ?

— Non. Expliquez-leur que Cynthia Sterling a décidé de réserver une surprise à Henry et elles seront heureuses de répondre à vos questions. Si, après avoir bavardé avec elles, vous refusez de l'embaucher, vous n'aurez qu'à me redonner mon chèque et mon téléphone. Autrement, il vous suffira de m'apporter la note à la fin du déjeuner et d'y écrire votre adresse pour que mon fiancé et moi puissions déposer notre ami chez vous.

— Vous connaissez la région ?

— Pas très bien, mais nous avons un plan de Berry Patch et une carte des environs. Au cas où vous accepteriez d'engager Henry, sachez qu'il aime l'odeur du foin et qu'il ne verrait aucun inconvénient à dormir dans l'une des stalles de votre écurie.

« J'ai peut-être eu tort de ne plus croire aux contes de fées ces dernières années, pensa Elisabeth en regardant Cynthia sortir de la cuisine d'une démarche boitillante. Si la dizaine de personnes que je dois appeler me confirment que Henry Davenport n'est ni un voleur ni un assassin, cela voudra dire que la chance a tourné et que les baguettes magiques ne sont pas une invention de romanciers. »

2.

« A la réflexion, se dit Henry en reposant son couteau et sa fourchette sur la nappe striée de rouge et de blanc qui habillait la table du box, j'ai bien fait d'écouter Cynthia et de ne pas chercher un autre restaurant. »

Contrairement à ce qu'il avait redouté, les feuilletés aux champignons et les côtes de bœuf braisées qu'avait préparés la propriétaire du Berry Bistrot auraient séduit le plus fin des gourmets. Quant au service, il avait été digne des meilleures auberges du pays. Moins chevronnée qu'un maître d'hôtel, Elisabeth aurait pu casser une assiette, laisser tomber son plateau ou manquer aux règles du savoir-vivre… Mais non ! Elle s'était montrée aussi efficace que charmante et n'avait commis aucun faux pas. Subjugué par sa beauté, incapable de résister à l'étrange fascination qu'elle exerçait sur lui, Henry avait eu un mal fou à détacher les yeux de sa silhouette gracile et à s'intéresser aux plaisanteries piquantes qu'avaient échangées Cade et Cynthia tout au long du déjeuner.

— On y va ? suggéra-t-il à ses amis après avoir levé la tête vers la grosse horloge qui, de son tic-tac monotone, égrenait les secondes au fond de la salle. Frank nous attend.

Chauffeur des Davenport depuis une vingtaine d'années, Frank Stevens avait garé la somptueuse limousine gris métallisé de Henry au bout de la rue principale de Berry Patch et devait être impatient de reprendre le volant pour se soustraire à la curiosité des badauds.

— Quelle est la prochaine étape ? s'informa Cade.

— Le domaine de Jake Tyler, entre Cove Orchard et Springbrook, répondit Henry. Jake a donné mon nom à un pinot noir qui a gagné le premier prix aux derniers comices viticoles du comté de Yamhill et j'aimerais bien y goûter. Ensuite, nous irons nous promener du côté de Dundee et nous dînerons dans un nouveau restaurant où on sert de délicieux…

— Voici votre note ! interrompit Elisabeth en posant sur la nappe un petit morceau de papier, dont Cynthia s'empara avec une hâte suspecte. Comme vous aviez oublié votre téléphone dans les toilettes, mademoiselle Sterling, ajouta-t-elle d'un ton étonnamment crispé, je me suis permis de vous le rapporter.

Après avoir glissé le mobile au fond de sa poche, Cynthia sortit un carnet de chèques de son sac à main et vite, très vite, libella la somme en toutes lettres.

« Quelle générosité ! s'extasia Henry, peu habitué à ce qu'une femme — et la fiancée de Cade, encore moins qu'une autre — lui offre à déjeuner. Ce doit être l'amour qui l'a transformée. »

Fier d'avoir réussi à pousser vers l'autel deux anciens adeptes du célibat, il se leva de son siège et quitta la cafétéria d'un pas allègre.

— Une fois arrivé chez Jake Tyler, j'appellerai la jolie fille qui m'a accompagné au théâtre le week-end dernier et je lui demanderai de me rejoindre ce soir à Dundee, murmura-t-il en remontant la rue principale et en s'interdisant de jeter un œil par-dessus son épaule pour voir si Elisabeth le regardait s'éloigner.

Manifestement impatiente d'aller admirer le domaine viti-cole dont il lui avait parlé, Cynthia s'engouffra à l'intérieur de la limousine puis, avec des mines de conspiratrice, chuchota quelques mots à l'oreille de Frank, qui démarra dans un joyeux envol de gravillons.

— Qu'est-ce qu'on fabrique ici ? s'inquiéta Henry vingt minutes plus tard quand, au lieu de suivre l'itinéraire qu'il lui avait indiqué, son chauffeur s'arrêta sur le parking d'un hypermarché.

— Je reviens tout de suite, promit Cynthia avant de se précipiter vers l'entrée du magasin et de réapparaître au bout d'un quart d'heure, les bras encombrés de sacs en plastique.

— Qu'as-tu acheté de beau ? lui demanda Henry.

— Des jeans, des sweat-shirts, des chemises de cow-boy, une veste de sport, un pantalon de jogging, deux paires de tennis et d'autres petites choses, répondit-elle en fourrant ses emplettes dans un sac à dos bleu marine.

— Tu trouves les costumes et les chaussures de Cade trop élégants ?

— Non. C'est ta garde-robe à toi que j'ai décidé de renouveler.

— Pour quoi faire ?

— Pour que tes vêtements soient adaptés à ton futur emploi. Comme tu souhaites partir à l'aventure et vivre une expérience inoubliable, je me suis dit qu'il fallait que je t'aide à réaliser ce rêve. Une fois que tu auras vu à quel point il est difficile de changer de peau du jour au lendemain, j'espère que tu cesseras de piéger tes copains.

— Jamais je ne leur ai tendu le moindre traquenard… Jamais, je t'assure. Je les connais mieux que personne et je sais ce qui leur convient.

— Puisque tu penses qu'un ami est obligatoirement infaillible, tu n'as aucune raison de t'inquiéter. Ne sommes-nous pas d'excellents camarades, tous les deux ?

— Si.

— Alors, relève le défi que je vais te lancer et prouve-moi que tu as l'étoffe d'un Indiana Jones.

— Pour ça, pas de problème ! Mais, vois-tu, quand on veut organiser une escapade, on ne doit négliger aucun détail.

— Ce qui signifie ?

— Qu'il vaut mieux être méthodique et ne pas s'y prendre à la dernière minute.

— Tu crois que j'ai mal préparé mon coup et que ton petit voyage va tourner au cauchemar ?

— Non, non… Je te fais entièrement confiance.

— Est-ce à dire que tu acceptes de tenter l'aventure ?

— Oui, mais à une condition.

— Laquelle ?

— Que l'enjeu soit intéressant. Chaque fois que j'expédie des amis à l'autre bout du monde, je leur promets une jolie récompense pour les appâter.

— Que me demanderas-tu si tu sors vainqueur de l'épreuve qui t'attend ?

— De me laisser organiser ton repas de noces et ta lune de miel.

— Pas question ! s'écria Cade. Je n'ai pas envie de passer deux semaines à suer sang et eau dans le désert de Gobi ou à bâtir des igloos au nord de l'Alaska.

— Ne t'inquiète pas, mon amour, lui dit Cynthia. Il y a peu de chances que nous perdions.

Et, se tournant vers Henry, elle ajouta :

— Donne-moi ton téléphone cellulaire et ton portefeuille. Là où tu vas, tu n'auras besoin ni de l'un ni de l'autre.

— Tu veux que je parte à l'aventure, les poches vides ? demanda-t-il, éberlué.

— Pas complètement vides, rectifia-t-elle, les lèvres étirées en un sourire malicieux. J'ai glissé un billet de vingt dollars dans ton sac à dos.

— Trop aimable !

— Alors voici les consignes : pendant toute la durée de ton escapade, il faudra que tu joues les milliardaires ruinés. Lorsque les gens que tu rencontreras t'interrogeront, tu devras leur répondre que tu as fait de mauvais investissements et que tu es sans domicile fixe depuis que tes créanciers t'ont obligé à vendre ta maison.

— Si Brett apprend cela, il me tuera.

— C'est lui, ton conseiller financier ?

— Oui. Et je n'en connais pas de meilleur au monde.

— Ne t'inquiète pas. Dans les semaines à venir, tu seras tellement loin de tout que tu ne risqueras pas de le croiser.

— Quand pourrai-je mettre un terme à cette mascarade et revenir à Portland ?

— Pas avant le 31 octobre, à moins que le régisseur de la ferme où tu travailleras ne rentre du Mexique d'ici là.

— Comme je n'ai manqué aucun des épisodes de *La Petite Maison dans la prairie*, je n'aurai pas de mal à le remplacer. Pour traire une ou deux vaches, nourrir des lapins, planter des piquets de clôture et labourer un champ, il ne faut pas être un génie.

— Attends d'être à pied d'œuvre et tu feras moins le fanfaron.

— Penses-tu ! Ce n'est pas un voyage en enfer que tu m'offres, c'est une partie de plaisir.

— Si tu es encore de cet avis à la fin du mois, je ne m'opposerai plus jamais à ce que tu expédies tes amis au diable vauvert.

— Tu parles d'une récompense !

— Que veux-tu d'autre ?

— Organiser ta lune de miel, je te l'ai déjà dit, et être le parrain de ton premier enfant.

— D'accord.

— Depuis que Brett et Laurel m'ont demandé de tenir Noëlle sur les fonts baptismaux, je rêve d'avoir une quantité de filleuls et de les couvrir de cadeaux le jour de leur anniversaire.

— Au lieu de savourer d'avance ton improbable victoire, tu ferais bien d'envisager une seconde hypothèse.

— Ce n'est pas la peine. Je vais gagner.

— Nous verrons. Mais c'est à moi de poser mes conditions maintenant : si, malgré ton bel optimisme, tu n'arrives pas à t'adapter à ton nouveau cadre de vie et que tu décides de jeter l'éponge au bout d'une semaine, tu devras renoncer à tes poissons d'avril et cesser de te prendre pour le directeur d'une agence matrimoniale.

— Impossible ! J'ai déjà préparé l'escapade de l'année prochaine.

— Il ne te reste donc qu'une solution : tenir le coup jusqu'à fin octobre.

— Pas de problème !

Après avoir fourragé dans son sac à main, Cynthia tendit à Frank le morceau de papier tout chiffonné sur lequel Elisabeth avait noté son adresse et tracé un plan sommaire des environs de Berry Patch, puis elle se laissa aller contre le dossier de son siège avec un petit sourire satisfait.

Trente minutes plus tard, la limousine s'engagea sur une route de campagne creusée de fondrières et passa devant une énorme pancarte de bois qui portait en lettres noires l'inscription suivante : « Wheeler Berry Farm ». A quelques mètres de là, un hangar métallique au toit dévoré par la rouille somnolait entre des chênes séculaires que l'automne commençait à jaunir.

— C'est ici que tu comptes m'abandonner à mon triste sort ? demanda Henry à Cynthia.

— Oui, répondit-elle. Que penses-tu de cet endroit ?

— Qu'il est très différent de ceux que j'ai l'habitude de fréquenter.

— Ta future demeure n'a effectivement rien d'un palace.

« Ni même d'un hôtel deux étoiles », faillit ajouter Henry à la vue de l'affreuse bicoque chapeautée de tuiles moussues qui s'encadrait dans le pare-brise. Des carreaux manquaient à trois des fenêtres du rez-de-chaussée, la peinture de la façade s'écaillait et une bâche en caoutchouc bleu, que le vent s'amusait à gonfler comme le foc d'un voilier, recouvrait les solives mal rabotées d'une véranda dont les montants vert-de-gris devaient dater de la conquête de l'Ouest.

— Tu as envie de déclarer forfait, mon vieux ? lança Cade d'un ton narquois.

— Pas le moins du monde ! s'exclama Henry. Qui est le propriétaire de ce…

De peur que son ami ne devine à quel point la perspective de passer quatre longues semaines à la Wheeler Berry Farm lui déplaisait, il se refusa à prononcer le mot « taudis ».

— … de cette superbe demeure au charme authentique ? acheva-t-il du bout des lèvres.

— Patiente encore quelques minutes et tu le sauras, répliqua Cynthia tandis qu'un joyeux cocorico s'élevait de la basse-cour.

« Je croyais que les coqs ne chantaient qu'à l'aube », pensa confusément Henry avant de saisir les bretelles du sac à dos que lui avait offert la jeune femme et de quitter son siège.

— Dites à Brett de s'occuper de mes affaires jusqu'à mon retour et demandez à Laurel de prendre des photos de ma filleule, intima-t-il à Frank.

— Bien, monsieur, acquiesça ce dernier à l'instant même où une vieille jeep noire surgissait d'un chemin transversal et s'arrêtait au pied du perron dans un grincement de freins fatigués.

— Voici ta future patronne ! jeta Cynthia avec un zeste d'ironie.

Sa curiosité en éveil, Henry regarda s'ouvrir la portière gauche du 4x4, puis vit apparaître deux jolis pieds qu'enserraient d'horribles chaussures blanches à talons plats... et se crut le jouet d'une hallucination.

— C'est elle la propriétaire du domaine ? interrogea-t-il, le premier choc passé.

— Eh oui ! s'exclama Cynthia. Je suis tellement étourdie que j'ai oublié de te le préciser.

— Qui t'a informée que la serveuse du Berry Bistrot cherchait un ouvrier agricole ?

— Kathy Alexander. Si tu avais été amoureux d'Elisabeth, j'aurais hésité à lui soumettre ta candidature pour t'épargner d'éventuelles peines de cœur, mais, comme ce n'est pas le cas, je me suis dit que tu ne verrais probablement aucune objection à cohabiter avec elle pendant un mois.

— Avant de me lancer ton fichu défi, tu aurais pu me fournir tous les renseignements nécessaires.

— Quand tu m'as expédiée au milieu de l'océan, m'as-tu prévenue que l'île tropicale où tu avais décidé de m'offrir des vacances était une bambouseraie balayée par des cyclones et peuplée d'insectes belliqueux ?

— Non. Une surprise doit rester une surprise jusqu'à la dernière seconde.

— De quoi te plains-tu, alors ?

— D'avoir été piégé.

— Ah bon ? se moqua Cynthia. Je croyais qu'il ne fallait pas employer ce mot-là entre amis.

Et, sans laisser à Henry le loisir de riposter, elle ordonna à Frank de démarrer.

A peine la limousine avait-elle quitté la cour de la ferme qu'un claquement de portière retentit au pied du perron. Encadré par deux fillettes aux boucles blondes et aux yeux bleus qui ressemblaient trait pour trait à Elisabeth, un adolescent vêtu

30

d'un T-shirt noir et d'un jean effrangé contourna le 4x4 dont il avait jailli puis, les poings enfoncés dans les poches de son pantalon, alla se camper sous l'une des trois fenêtres béantes de la maison.

« Si j'avais pu me douter que la jolie serveuse du Berry Bistrot avait des enfants, je me serais bien gardé de lui faire mon numéro », pensa Henry qui, malgré son amour du papillonnage, mettait un point d'honneur à ne jamais flirter avec une mère de famille ou une jeune mariée.

« Quelle idée j'ai eue d'engager ce play-boy ! » s'admonesta Elisabeth en croisant le regard magnétique de Henry et en sentant une onde de feu lui incendier les pommettes. Toby Cantrell, son ex-fiancé, avait un charme fou, lui aussi. Un charme dont elle avait appris à se méfier. Comme il leur suffisait de paraître pour que les femmes se jettent à leur cou, les hommes trop séduisants ne songeaient qu'à collectionner les aventures et s'empressaient de vous tourner le dos dès que vous aviez besoin d'eux.

— C'est qui, le monsieur ? interrogea Caitlin, la benjamine des Wheeler, en braquant un doigt sur Henry.

— Il s'appelle Henry Davenport et il va nous aider à diriger la ferme jusqu'à ce que Manny revienne d'Hermosillo, répondit Elisabeth.

Puis, à l'adresse de Henry, elle ajouta :

— Je vous présente Caitlin Wheeler, la plus jeune de mes sœurs.

— Enchanté de faire votre connaissance, mademoiselle, lança Henry à la fillette en inclinant le buste avec une feinte solennité.

— Dans neuf mois, Bessey m'emmènera à Disneyland, répliqua-t-elle, les joues creusées de deux adorables fossettes. Vous êtes déjà allé là-bas, m'sieu Davenport ?

— Oui. Et je m'y suis beaucoup amusé.

— Vous avez rencontré Minnie Mouse ?

— Bien sûr ! Je lui ai même serré la main.

— Moi, je voudrais embrasser Cendrillon, Ariel, Jasmine et la Belle au bois dormant.

— Tu oublies la jolie Blanche-Neige et ses amis, les sept nains.

— Non, je les oublie pas. Dimanche dernier, j'ai regardé le dessin animé à la télé et j'adore le passage où ils sont tous en train de chanter dans la forêt.

— Qui préfères-tu ? Simplet, Grincheux, Prof ou Dormeur ?

— Simplet, mais celui que je trouve le plus rigolo, c'est Atchoum.

— Parce qu'il est toujours enrhumé et qu'il n'arrête pas d'éternuer ?

— Oui. Quand j'irai lui rendre visite, je lui apporterai une boîte de mouchoirs en papier et je lui ferai un gros bisou de votre part.

— Merci. Tu es très gentille.

— J'aimerais qu'on soit déjà le 5 juillet.

— Que se passera-t-il ce jour-là ?

— Ce sera mon anniversaire et j'aurai le droit d'aller à Disneyland.

— Quel âge as-tu ?

— Quatre ans. Et vous ?

— Caitlin, voyons ! s'exclama Elisabeth. Il est impoli de poser cette question à notre nouvel employé.

— Pourquoi ? demanda la fillette en levant vers sa sœur de grands yeux candides. Il me l'a bien posée, lui, et tu l'as pas grondé.

32

— Elle a raison, lança Henry. Puisque j'ai été le premier à me montrer indiscret et qu'elle a eu l'amabilité de me répondre, il est normal que je satisfasse à mon tour sa curiosité.

Et, après s'être accroupi devant Caitlin, il lui glissa à l'oreille :

— Je suis un vieux, très vieux monsieur.

— Vous avez cent ans ?

— Non. Trente-quatre seulement.

— Vous aimez les ballerines et les princesses ?

— Je ne les aime pas, je les adore. Mais, comme tu t'y connais sans doute mieux que moi dans ce domaine, je serais ravi si tu acceptais de m'aider. Noëlle, ma filleule, fêtera son anniversaire le 25 décembre prochain et je voudrais savoir dès maintenant ce que je devrai lui offrir lorsqu'elle aura ton âge. Pourras-tu me montrer tes poupées et tes autres jouets ?

— Oui, acquiesça Caitlin en prenant Henry par le bras et en grimpant sur la première marche du perron. Venez, je vais vous faire voir mes Barbie.

— Reste ici, petite coquine ! lui intima Elisabeth, qui ne tenait pas à laisser sa sœur en tête à tête avec un étranger, fût-il le charme et la politesse incarnés. Il faut d'abord que M. Davenport visite la maison.

— Quelle chambre on lui donnera ce soir ?

— Celle de Sam.

— Et Sam, où est-ce qu'il ira se coucher ?

— Dans ton lit.

— Il y aura pas de place pour lui.

— Je le sais bien, ma puce, mais ne t'inquiète pas, j'ai tout prévu. Comme il est impossible qu'Abby passe ses nuits seule sous les combles, je me suis dit qu'on pourrait dormir ensemble, toi et moi, jusqu'à ce que Manny soit de retour.

— Chic ! Je vais aller mettre mes poupées et mon ours en peluche dans ton fauteuil, s'exclama Caitlin avant de gravir les marches vermoulues du perron et de s'engouffrer à l'intérieur du vestibule.

— Ce qu'elle est mignonne ! lança Henry à Elisabeth.

— Si vous la connaissiez mieux, vous emploieriez un autre mot, répliqua-t-elle d'une voix où perçait une tendre indulgence. Elle est tellement bavarde que je rêve parfois de la bâillonner pour l'empêcher de jacasser. Quand elle avait deux ans, elle n'arrivait pas à prononcer certaines syllabes et je croyais qu'elle aurait des problèmes d'élocution plus tard, mais aujourd'hui je suis rassurée : entre le moment où elle se lève et celui où elle est censée se coucher, elle n'arrête pas de parler.

— Merci de m'avoir prévenu. Puisque je dois passer quatre semaines chez vous et que je ne tiens pas à ce qu'elle me perfore les tympans, je me boucherai les oreilles dès qu'elle s'approchera de moi et je...

— Vous voulez vraiment rester à Berry Patch jusqu'à fin octobre ? questionna l'adolescent à la mine revêche qui piaffait d'impatience sous l'une des fenêtres du rez-de-chaussée.

— Oui, à moins que votre régisseur ne revienne du Mexique d'ici là, confirma Henry en lui serrant la main. Comment t'appelles-tu ?

— Sam Wheeler, répondit le jeune garçon d'un ton rogue. Je suis le frère de Bessey et c'est moi, l'homme de la maison.

— Ravi de te rencontrer. J'espère que nous allons bien nous entendre.

— Vous connaissez quelque chose aux travaux de la ferme ?

— Non, je n'ai aucune expérience en la matière, mais j'apprendrai vite, sois tranquille. Quand j'étais à Harvard, je n'avais pas la réputation d'être lent d'esprit.

— A Harvard ! releva la deuxième sœur d'Elisabeth, les yeux ronds. Vous avez étudié à Harvard, monsieur Davenport ?

— J'ai eu cet honneur, en effet, rétorqua-t-il après l'avoir saluée d'un sourire. Quel est ton prénom ?

— Abigail. Qu'est-ce qu'il vaut mieux faire, à votre avis ? Choisir une grande école et dépenser des milliers de dollars pour obtenir un diplôme prestigieux ou s'inscrire dans une banale université de la côte Ouest et économiser son argent ?

— Tu auras le temps d'y réfléchir plus tard, Abby, coupa Elisabeth en tirant affectueusement sur la queue-de-cheval de la fillette. Tu ne dois pas passer ton bac demain.

Puis, se tournant vers Henry, elle précisa :

— Abby est l'intellectuelle de la famille. Malgré son jeune âge, elle ne lit que des revues scientifiques et s'exprime comme une adulte.

— On appelle ça un petit génie, jeta Sam d'un ton sarcastique. Et c'est drôlement casse-pieds, un génie.

— Au lieu de critiquer Abby, lui dit Elisabeth, accompagne-la donc à l'intérieur de la maison et va aider Caitlin à déménager ses poupées.

— Ils vous obéissent toujours au doigt et à l'œil ? s'étonna Henry en voyant Sam et Abigail grimper docilement les marches du perron.

— Non, hélas ! D'habitude, ils ne peuvent pas s'empêcher de discuter mes ordres.

— Qui d'autre que vous quatre habite à la ferme ?

— Personne.

— Pourquoi vos parents vous laissent-ils élever votre frère et vos sœurs à leur place ?

— Parce que...

Elisabeth, qui n'avait jamais supporté les condoléances et les regards apitoyés, préféra se montrer évasive.

— Parce qu'ils ne sont plus là, acheva-t-elle d'un ton bref.

— Où qu'ils soient, ils ont eu raison de vous confier Caitlin, Abigail et Sam, car vous savez vous y prendre avec eux.

— Et vous, avez-vous des enfants ?

— Non, Dieu merci. Je suis célibataire et je compte bien le rester.

— Vous n'aimez pas les bébés ?

— Si. J'adore pouponner, mais je n'ai pas l'étoffe d'un papa.

— Qu'est-ce qui vous permet de l'affirmer ?

— Le simple bon sens. Je tiens trop à ma liberté pour fonder un foyer et me laisser enfermer dans cette prison dorée qu'on appelle le mariage. Quand on est chef de famille, on se retrouve avec un tas de responsabilités à assumer et on doit perpétuellement se sacrifier.

« J'ai l'impression d'entendre Toby, pensa Elisabeth. Lui non plus ne voulait pas renoncer à sa vie de patachon et s'encombrer de trois gamins qui l'auraient obligé à devenir adulte. »

— Puisque vous avez l'air très attaché à votre tranquillité, êtes-vous sûr de pouvoir cohabiter avec mon frère et mes sœurs jusqu'à la fin du mois ? demanda-t-elle à Henry.

— Oui, affirma-t-il d'un ton catégorique. J'aime beaucoup les enfants, à condition de ne pas en être le père. Quel âge a Abigail ?

— Huit ans.

— Et Sam ?

— Presque douze. Ils ont parfois du mal à obéir aux consignes, mais ce sont de braves petits.

— J'ai hâte d'apprendre à mieux les connaître.

— Dans ce cas, je suis très heureuse de vous accueillir à la Wheeler Berry Farm. Si j'en crois ce que m'ont dit vos témoins de moralité, je ne vais pas regretter de vous avoir embauché.

— Mes témoins de quoi ?

— De moralité ! Avant le déjeuner, Mlle Sterling m'a prêté son portable et donné une liste de gens à appeler. Quand j'emploie des saisonniers, c'est Manny Gallegos, mon régisseur, qui se charge de vérifier leurs références, mais, puisqu'il est absent, il a bien fallu que je me débrouille toute seule.

— A qui avez-vous téléphoné en premier ?

— A un certain Brett Matthews. Lorsque je lui ai parlé de votre situation, il est tombé des nues.

— Rien d'étonnant à cela ! Il est conseiller financier et il a dû être surpris que je… que j'aie préféré spéculer en Bourse plutôt que d'investir mon argent dans l'immobilier locatif comme il me l'avait suggéré.

— Il m'a dit que vous étiez quelqu'un de très loyal, que vous aviez le cœur sur la main et qu'il vous arrivait de servir de baby-sitter à sa fille de neuf mois.

— Je suis le parrain de Noëlle. Je n'ai donc pas de mérite à m'occuper d'elle les soirs où ses parents veulent aller au cinéma.

— D'après M. Matthews, vous poussez la gentillesse et le dévouement jusqu'à jouer les nounous pendant des week-ends entiers.

— Au lieu de me rapporter la conversation que vous avez eue avec ce flatteur, parlez-moi de votre ferme. De quand date-t-elle ?

— Du XIXᵉ siècle. Sam, Abby, Caitlin et moi sommes la cinquième génération de Wheeler à vivre dans la vallée de la Willamette.

— Combien d'hectares possédez-vous ?

— Cinquante. A l'origine, le domaine était plus grand, mais les trois quarts des terres ont été vendues après le krach de 1929.

— Et que produisez-vous ?

— Du blé, du maïs et des fruits. Nous nous sommes spécialisés dans la culture des baies. L'été, nos vergers regorgent de framboises, de mûres, de myrtilles et de groseilles à maquereau. Nous avons également un jardin potager et quelques animaux :

un cheval, une vache, des chèvres, un coq et une trentaine de poules.

— Comme je l'ai dit à Sam tout à l'heure, je n'ai jamais travaillé dans une ferme.

— Peu importe ! Je vous expliquerai chaque matin ce que vous aurez à faire et le soir, lorsque je reviendrai du Berry Bistrot, je vous donnerai un coup de main avant de préparer le dîner.

— Vous ne devez pas avoir souvent l'occasion de vous ennuyer.

— Pas très souvent, en effet. Le métier de serveuse et celui d'agricultrice sont aussi accaparants l'un que l'autre.

— Où allez-vous quand vous voulez prendre du bon temps ?

— Nulle part. C'est une expression que j'ai rayée de mon vocabulaire il y a des années.

« Mais d'ici à la fin du mois, se surprit à penser Elisabeth en effleurant du regard les lèvres sensuelles de Henry, il se pourrait bien que les travaux de la ferme ne soient plus ma principale préoccupation. »

— Viens vite, Bessey ! hurla Sam. Caitlin est au petit coin et il faut que tu l'aides à se rhabiller.

— J'arrive, lança la jeune femme avant de grimper quatre à quatre les marches du perron.

3.

« Mon Dieu, faites que l'intérieur de la maison soit moins délabré que l'extérieur ! » implora mentalement Henry après avoir rejoint Elisabeth en haut du perron. Quand il voyageait, il ne fréquentait que des palaces de renommée internationale tels que le Ritz et le Hilton. En de rares occasions, toutefois, il s'était risqué à descendre dans des hôtels quatre étoiles parce que les villes où il avait séjourné n'étaient pas des mégalopoles, mais passer ne fût-ce qu'une nuit dans une modeste pension de famille lui aurait semblé une totale incongruité, voire une pure folie.

Inconsciente des efforts que son nouvel employé s'imposait pour ne pas dégringoler les marches du perron et prendre ses jambes à son cou, Elisabeth poussa la porte en chêne clouté du hall et arracha par là même une grosse écaille de peinture vert sapin au battant.

— C'est mon arrière-arrière-grand-père qui a construit cette ferme de ses propres mains juste avant son mariage, lui expliqua-t-elle en pénétrant dans le vestibule. Il voulait offrir à sa future épouse une maison digne d'elle et, comme il n'était ni maçon ni charpentier, il a failli se tuer à la tâche.

— Combien d'enfants sa femme et lui ont-ils eus ?

— Un seul. Après la mort de ses parents, il a transformé les deux tiers des champs en vergers et s'est lancé dans la culture des baies. Ensuite, le domaine s'est transmis de génération en génération.

— Dans ma famille aussi, l'héritage a quelque chose de sacré.

« Mais ce n'est pas une vieille bâtisse décrépite qu'on m'a léguée, se garda de préciser Henry, c'est un capital de plusieurs millions de dollars qui, grâce aux conseils judicieux de Brett Matthews, n'a cessé de fructifier ces dix dernières années. Si mes ancêtres n'avaient pas eu la bonne idée d'amasser des fortunes tout au long de leur vie, Dieu sait quel métier j'aurais été obligé d'exercer pour ne pas mourir de faim. »

De ses longs doigts effilés, Elisabeth ouvrit en grand le lourd panneau de chêne, puis se plaqua contre l'un des murs tapissés de papier peint fleuri du vestibule et, d'un signe de tête, invita Henry à franchir le seuil de la maison.

Quand il passa devant elle, un parfum subtil de rose, de bergamote et de lilas vint lui flatter les narines. « Est-ce l'odeur de son eau de toilette que je sens ou celle de son shampooing ? » se demanda-t-il stupidement en s'immobilisant dans l'embrasure de la porte et en humant la fragrance avec délices.

— Oh ! pardon, s'exclama-t-elle lorsqu'elle voulut refermer le battant et que celui-ci heurta l'épaule de Henry. Je vous ai fait mal ?

— Non, non, la rassura-t-il. Ce n'est pas vous qui êtes à blâmer, c'est moi. Je n'aurais pas dû rester planté comme un piquet.

Aussi gênés l'un que l'autre, ils restèrent à se regarder pendant ce qui leur sembla une éternité, les pieds cloués au sol et le cœur battant la chamade, puis lentement, très lentement, ils détournèrent la tête et cherchèrent un endroit où poser leurs yeux.

— Il faut que… que je monte aider Caitlin, bredouilla Elisabeth avant de guider Henry vers le living-room et de le laisser seul au milieu d'un invraisemblable bric-à-brac.

Des animaux en peluche, qui paraissaient tout droit sortis de la hotte d'un chiffonnier, formaient des monticules ocre et bruns sur la housse trouée aux mites du canapé tandis que de vieilles cartes à jouer et des albums à colorier s'entassaient sur une table boiteuse que flanquaient deux bergères aux coussins défraîchis.

Habitué à vivre dans le superbe manoir qu'il avait hérité de ses parents et où régnait une propreté monacale, Henry crut qu'un ouragan avait fait voler en éclats les baies vitrées du séjour et balayé les meubles sur son passage, mais, comme la maison n'avait pas l'air assez solide pour résister à un vent violent, il en déduisit que c'étaient les enfants qui avaient transformé ainsi la pièce en capharnaüm.

Voyant une pile de revues scientifiques vaciller sur l'accou-doir d'un rocking-chair qui se balançait doucement au coin de la cheminée, il s'approcha de l'âtre en trois enjambées et allait tendre la main vers les magazines pour les empêcher de tomber lorsqu'un chat de gouttière jaillit du fauteuil, le poil hérissé.

— Encore une chance que j'aie le cœur solide, maugréa Henry, au bord de la syncope. J'aurais tout aussi bien pu mourir d'un infarctus.

Furieux d'avoir été tiré du sommeil par un étranger, le matou sauta sur le plancher avec un miaulement indigné, puis déploya sa longue queue tigrée et partit se réfugier sous l'escalier.

— Ne faites pas attention au désordre, conseilla Elisabeth en redescendant au rez-de-chaussée. J'ai beau demander tous les soirs aux enfants de ranger leurs jouets avant de se mettre au lit, ils ne m'écoutent pas.

— Vu l'âge qu'ils ont, il est normal qu'ils soient un peu brouillons, rétorqua Henry. S'ils vous obéissaient, votre living aurait l'air moins… pittoresque.

— Quand vous aurez passé un week-end entier au milieu de ce fatras, vous n'aurez plus envie de leur chercher des excuses.

— Ils préfèrent colorier des albums et lire des magazines que de regarder tranquillement la télé ?

— Cela dépend des émissions que leur proposent les chaînes hertziennes.

— Vous n'avez pas de parabole ?

— Non, mais notre poste est flambant neuf. Nous l'avons gagné chez Bob Peterson il y a quelques semaines.

— Qui est-ce ?

— Le gérant d'un magasin d'électronique. Il a organisé un grand concours le mois dernier.

— Que fallait-il faire pour remporter le premier prix ?

— Deviner combien de clous pouvait contenir une bonbonne de quinze litres. Abby est tellement douée en calcul mental qu'elle a trouvé la réponse en moins de vingt minutes.

— Comment Sam a-t-il réagi à la prouesse de sa sœur ?

— Beaucoup mieux que je ne l'espérais. Lorsqu'on est venu nous livrer cette merveille le lendemain du jeu, il s'est empressé d'installer l'antenne et a aussitôt pardonné à Abby d'avoir été plus maligne que lui.

Henry tourna la tête vers le combiné télé-magnétoscope que lui montrait Elisabeth et crut à une plaisanterie. Si le petit appareil à tube cathodique qui trônait sur un meuble bas, au fond du living-room, était une « merveille » de la technologie, que dire du McIntosh avec son stéréo et écran plasma qu'il s'était offert au début de l'été ?

— Sam vous a sans doute paru très agressif, enchaîna la jeune femme en regagnant le hall, mais c'est un gentil garçon qui m'aide à diriger la ferme et qui s'occupe de Caitlin quand je ne suis pas là.

— Rassurez-vous, je ne lui en veux pas de m'avoir battu froid. Depuis le départ de Manny Gallegos, il était le seul homme de la maison et il a eu peur que je ne lui vole sa place.

— Vous croyez que vous réussirez à l'apprivoiser ?

— Oui. Dès qu'il aura compris que je ne suis pas son rival, il changera d'attitude.

Après avoir enfilé le vestibule, Henry pénétra dans la cuisine à la suite d'Elisabeth et embrassa la pièce d'un regard circulaire. Des meubles en Formica blanc alignaient leurs portes disloquées de chaque côté d'une fenêtre voilée de macramé sous laquelle six bols en plastique encerclaient une grosse boîte de croquettes. « Trois gamins désordonnés, une jeune femme belle comme le jour, un chat au caractère ombrageux, résuma Henry. Avec qui d'autre vais-je devoir cohabiter ? Avec une demi-douzaine de chiots ? »

— Si vous avez faim, n'hésitez pas à vous servir, lui dit Elisabeth en désignant un compotier rempli de poires, d'oranges et de bananes. J'aurais bien voulu vous offrir des cookies, mais les enfants ont dévoré tous ceux que j'avais achetés à l'épicerie.

— C'est vous qui avez confectionné ce chef-d'œuvre ? interrogea-t-il, les yeux tournés vers une superbe tarte aux pommes saupoudrée de sucre glace qui trônait sur la table.

— Oui. Je l'ai préparée ce matin, à mon réveil. Dans les semaines à venir, préférerez-vous prendre vos repas à la ferme ou au Berry Bistrot ?

— A la ferme. Cela ne vous dérangera pas trop d'avoir une bouche de plus à nourrir ?

— Au contraire ! Je serai ravie de déjeuner et de dîner en votre compagnie.

— Merci.

— Attendez d'avoir goûté à mes spécialités pour vous réjouir.

— Inutile ! Je suis sûr que vous êtes un fin cordon-bleu.

« Aucune des jeunes femmes que je connais ne pique de fards avec autant de grâce qu'elle », se dit Henry en voyant Elisabeth s'empourprer jusqu'à la racine des cheveux.

— Allons vite rejoindre les enfants au premier, dit-elle avant de quitter la cuisine comme une bourrasque.

L'escalier, dont les balustres sculptés s'envolaient au-dessus du vestibule, longeait un mur salpêtré qu'ensoleillait une ribambelle de photographies. Certaines avaient été prises à l'époque où Sam n'était encore qu'un petit garçon et où il s'amusait à faire du tricycle autour de la ferme. Les autres montraient Abigail sur le dos d'un poney, Caitlin à côté d'une citrouille d'Halloween et Elisabeth en uniforme de majorette.

— Vous avez été pom-pom girl ? lui demanda Henry après avoir admiré un à un les clichés.

— Oui, confirma-t-elle en gravissant les marches. Et j'ai été élue Miss Berry Patch la veille de mon dix-huitième anniversaire. J'ai dû sillonner les rues de la ville sur un char fleuri et porter une couronne pendant une semaine entière. Chaque automne, les producteurs de fruits de la région organisent une grande fête pour célébrer la fin des récoltes et toutes les lycéennes des environs rêvent de gagner le concours de beauté.

— Allez-vous vous représenter un jour ?

— Même si je le voulais, je ne le pourrais pas, répondit-elle en riant. Seules les jeunes filles de moins de vingt et un ans ont le droit de poser leur candidature et j'en ai vingt-cinq.

— Dommage, car je suis persuadé que vous l'auriez emporté haut la main cette fois encore.

Le visage de nouveau en feu, Elisabeth guida Henry vers le fond du couloir qui s'étirait de part et d'autre de l'escalier.

— Voici la salle de bains ! annonça-t-elle après avoir poussé du bout de ses sandales un lourd panneau de bois mangé aux termites. Il n'y en a qu'une dans la maison, mais elle est équipée d'une douche, d'une baignoire, d'une vasque et d'un bidet.

« Merci, mon Dieu », faillit s'écrier Henry, qui avait aperçu un étang par la fenêtre de la cuisine et qui avait craint un instant de devoir s'y laver chaque matin.

— Ça, c'est la chambre de Bessey, chuchota Caitlin en jaillissant d'une pièce aux cloisons tendues de lin bleu ciel et en posant un doigt sur ses lèvres.

— Pourquoi parles-tu tout bas, ma puce ? s'étonna Elisabeth.

— Parce que j'ai couché mes poupées dans ton lit et qu'il faut pas les réveiller, expliqua la fillette le plus sérieusement du monde.

Puis, levant sur Henry un regard brillant d'espoir, elle ajouta :

— Vous voulez être le papa de mes Barbie, m'sieu Davenport ?

— Oui, acquiesça-t-il, mais j'aimerais d'abord déballer mes affaires.

— Il y a combien de vêtements dans votre sac ?

— Très peu. Je… j'adore voyager léger.

— Où est Abby ? se hâta de demander Elisabeth à Caitlin avant que l'interrogatoire ne devienne trop inquisitorial.

— Avec Sam. Elle m'a dit qu'elle avait une leçon de maths à étudier et qu'elle préférait le bureau de Sam au sien.

— Qui t'a aidée à déménager tes poupées ? Elle ou lui ?

— Lui. Et il en a laissé tomber trois. Comme elles avaient mal à la tête, je leur ai mis un pansement autour du front.

— Bravo, ma chérie ! Tu es une bonne petite infirmière.

— Qu'est-ce que c'est, une infirmière ?

— Une dame qui soigne les blessés.

Tout en suivant la jeune femme jusqu'à l'autre bout du couloir, Henry laissa vagabonder ses pensées. « Quelle chance qu'elle dorme à deux pas de la salle de bains ! songea-t-il. Si j'ai envie d'un tête-à-tête romantique un de ces jours, je n'aurai qu'à m'introduire chez elle à l'insu des enfants et à prétendre que je me suis trompé de porte… » Mais il eut tôt fait de chasser ces images importunes en se disant qu'elle n'était pas du genre à se satisfaire d'une aventure sans lendemain et qu'il n'avait rien d'autre que cela à lui offrir.

— Voici la chambre de Sam, c'est-à-dire la vôtre à partir de ce soir ! déclara-t-elle avant de s'effacer pour le laisser entrer dans une pièce où régnait un désordre indescriptible.

Assise à une table encombrée de cahiers et de manuels scolaires, les yeux rivés sur un traité de géométrie, Abigail était tellement absorbée dans sa lecture qu'elle ne les vit pas franchir le seuil de la mansarde.

— Samuel Joseph Wheeler, lança Elisabeth à son frère d'un ton courroucé, je t'avais demandé de ranger ton bureau et tes placards.

— Je les ai rangés, affirma-t-il. Pendant qu'Abby étudiait, j'ai nettoyé les étagères.

— Tu te fiches de moi ?

— Non, je te jure que j'ai jeté à la poubelle les trucs dont je n'avais plus besoin, rétorqua-t-il, l'air offusqué.

— La prochaine fois que je descendrai en ville, je t'achèterai des lunettes, car tu dois être myope comme une taupe.

— Tu veux que je passe l'aspirateur et que je…

— Surtout pas ! Je monterai faire le ménage à la fin du dîner.

« Ce n'est pas un aspirateur qu'il faudrait aller chercher, c'est un camion benne et une armée d'éboueurs, pensa Henry après avoir balayé d'un regard effaré les dizaines de cocottes en papier et de livres écornés qui jonchaient le parquet. Si les responsables de la Caisse de secours aux sinistrés arrivaient à l'improviste, ils croiraient qu'une tornade a ravagé la maison et débloqueraient immédiatement des fonds. »

— Tu n'as pas honte de vivre dans une telle porcherie, Sam ? reprit Elisabeth d'une voix tremblante de colère.

— Pourquoi est-ce que j'aurais honte ? riposta Sam en haussant les épaules. Cette pièce est bien plus confortable et bien plus jolie que celle où je vais être obligé de dormir jusqu'à fin octobre.

— Moi, je trouve pas, lança Caitlin, l'air vexé. Dans ma chambre, il y a des rideaux en dentelle et plein de coussins roses.

— Berk ! s'exclama son frère. Tous les hommes détestent cette couleur.

« C'est vrai, admit Henry en son for intérieur, mais j'en connais un qui préférerait passer ses nuits sous un baldaquin à fanfreluches que dans une déchetterie. »

— J'ai vidé mon armoire, monsieur Davenport, lui dit Sam en désignant le curieux assemblage de bois, de fer et de tissu qui se dressait entre la fenêtre et le lit. Comme ça, vous pourrez y mettre vos vêtements.

« A condition que l'édifice ne s'écroule pas avant que je n'aie eu le temps d'ouvrir mon sac », faillit riposter Henry à la vue des jeans, des vestes, des chemises et des blousons que l'adolescent avait accrochés à l'une des parois extérieures de la penderie et qui menaçaient de déséquilibrer le meuble.

— Je regrette de n'avoir rien de mieux à vous proposer que ce souk, murmura Elisabeth.

— Si ma chambre ne plaît pas à notre nouveau régisseur, répliqua Sam avec insolence, il n'a qu'à aller dormir dans l'étable ou dans l'écurie.

— Ne vous inquiétez pas, mademoiselle Wheeler, rétorqua Henry, je trouve cette pièce très… conviviale.

— Vous dites cela parce que vous êtes poli et que vous ne voulez pas m'embarrasser, mais je suis certaine que vous mentez.

— Détrompez-vous, j'adore les vieilles maisons qui ont su conserver leur authenticité.

— Le désordre ne vous gêne pas trop ?

— Non. Je ne suis pas un obsédé du rangement.

— Dans ce cas, défaites vos bagages pendant que je descends préparer le dîner.

— Qu'est-ce que tu vas nous servir de bon, Bessey ? s'informa Abigail.

« Un soufflé de crevettes à l'irlandaise, des truffes en chaussons, la magnifique tarte aux pommes que j'ai vue tout à l'heure et une île flottante saupoudrée d'amandes grillées, peut-être », imagina Henry, habitué au raffinement et à la virtuosité de son cuisinier attitré.

— Un gratin de macaroni aux tomates et des hamburgers, répondit Elisabeth.

— Ah, chouette ! s'exclama Caitlin. C'est ce que je préfère.

— Nous aussi, on adore ça, déclarèrent à l'unisson Sam et Abigail.

« Des macaroni aux tomates avec du fromage, du pain, de la moutarde et du steak haché ! se lamenta secrètement Henry, le cœur au bord des lèvres. Si je ne veux pas mourir d'une overdose de calories, il va falloir que je regarde dans l'annuaire s'il y a un traiteur à Berry Patch et que je lui demande de me livrer une salade composée. Grâce au billet de vingt dollars que m'a laissé Cynthia, je devrais pouvoir survivre jusqu'à demain matin. »

— A tout de suite, monsieur Davenport ! lança Elisabeth de sa voix joliment timbrée. Je serai très heureuse de dîner en votre compagnie.

— Et moi donc, mademoiselle Wheeler ! répliqua-t-il avec un sourire crispé.

Dès qu'elle eut entraîné Sam, Abigail et Caitlin vers l'escalier, il entassa dans un coin de la mansarde les cocottes en papier et les vieux albums de bandes dessinées qui masquaient les lames du parquet, puis il vida son sac à dos sur le couvre-lit et contempla d'un air accablé les vêtements bon marché que lui avait offerts Cynthia.

— Comment diable ma femme de chambre s'y prend-elle ? grommela-t-il après avoir essayé sans succès de plier la liquette à carreaux beiges et bruns contre laquelle il devrait bientôt troquer sa superbe chemise de soie griffée.

— Vous avez pas fini de défaire vos bagages ? s'étonna une petite voix flûtée un quart d'heure plus tard.

— Pas encore, princesse, répondit-il en se retournant vers la porte et en adressant un clin d'œil à Caitlin, qui venait de surgir dans l'encadrement, talonnée par son frère et sa sœur. Chaque fois que j'ai du temps de libre, je préfère aller au cinéma que de ranger mes placards. Alors, je manque de pratique.

— C'est quoi, un cinéma ?

— Un endroit où on peut regarder des films et dévorer des tonnes de pop-corn.

— J'aime ça, le pop-corn.

— Moi aussi.

— A Berry Patch, précisa Abigail, il n'y a qu'un drive-in.

— Qui va fermer le mois prochain, compléta Sam avant de lancer sur le parquet le ballon qu'il tenait à la main et de se mettre à dribbler. Quand il se passera quelque chose d'intéressant ici, les poules auront des dents.

— Il paraît que les producteurs de fruits de la région organisent une fête chaque automne, dit Henry. Tu ne trouves pas cela amusant de voir des chars défiler dans les rues de la ville ?

— Non. J'ai horreur du carnaval.

— Vous devriez acheter des caleçons plutôt que des boxers, monsieur Davenport, dit Abigail en examinant d'un air critique les sous-vêtements étalés sur le lit.

— Pourquoi ? lui demanda-t-il, interloqué.

— Parce que vous risquez de devenir stérile comme les gens qui font trop de vélo. La chaleur produite par le frottement augmente la température du scrotum et rend les spermatozoïdes…

— Merci, ma grande, j'ai compris, coupa Henry avant de saisir les sweat-shirts, les chemises et les jeans qu'il avait sortis de son sac à dos, puis de les fourrer pêle-mêle dans l'armoire.

— Vous, au moins, vous n'êtes pas maniaque, observa Sam, les yeux arrondis de stupeur. Si j'avais su que vous vous fichiez pas mal du désordre, je n'aurais pas passé dix minutes à nettoyer mes étagères.

— Tu as vraiment rangé ta chambre pendant que je bavardais avec ta sœur ?

— Oui, mais j'aurais préféré jouer au basket.

— Vous venez, m'sieu Davenport ? interrogea Caitlin de sa voix pointue. Je vais vous montrer la jolie télé qu'Abby a gagnée.

Pour ne pas gâcher le plaisir de la fillette, Henry omit de lui préciser qu'il avait déjà vu la « merveille » en question et dégringola l'escalier.

— Il est l'heure de donner à manger aux animaux, les enfants, rappela Elisabeth à Sam et à Abigail lorsqu'ils arrivèrent au rez-de-chaussée.

— Ah, non ! protesta l'adolescent. Je n'ai pas envie d'y aller.

— Si tu refuses de faire tes corvées, tu seras privé de dessert.

— Ça m'est bien égal. Je n'ai pas faim.

— La tarte aux pommes et à la cannelle que j'ai préparée a pourtant l'air délicieuse.

Au mot « tarte », le visage jusque-là renfrogné de Sam s'éclaira comme par enchantement.

— D'accord, j'y vais, acquiesça-t-il avant de pousser Abigail et Caitlin hors de la maison et de claquer la porte du vestibule derrière lui.

— J'espère que ces trois petits monstres ne vous ont pas trop ennuyé ? dit Elisabeth à Henry dès qu'ils se retrouvèrent seuls au milieu du hall.

— N'ayez crainte, ils ont été adorables.

— Ils ne vous ont pas posé de questions indiscrètes ?

— Non.

— De quoi vous ont-ils parlé ?

« Du danger qui guette mes spermatozoïdes », se retint-il d'avouer.

— De la prochaine fermeture du drive-in de Berry Patch et de mes goûts vestimentaires.

— Si les propos décousus d'Abby et de Caitlin vous ont surpris, ne vous en faites pas, vous finirez par vous y habituer. L'une et l'autre adorent sauter du coq à l'âne. Pendant qu'elles aident Sam à nourrir les animaux, venez avec moi, je vais vous montrer nos vergers.

Elisabeth sortit de la maison par une porte de service qui étirait ses planches disjointes en face de la cuisine, puis contourna une vieille balançoire aux montants rouillés et embrassa d'un geste ample les longues rangées d'arbrisseaux que le soleil déclinant moirait d'or et de pourpre.

— Les buissons que vous apercevez là-bas sont des framboisiers, dit-elle. Après la récolte, on doit supprimer les tiges qui ont fructifié et couper au ras du sol les rejets les plus chétifs afin de fortifier les racines. Bientôt, il faudra que vous attachiez les jeunes pousses et que vous les palissiez. Savez-vous ce qu'est la culture en espalier ?

« Oui, acquiesça Henry *in petto*. J'ai passé deux semaines dans le Médoc l'été dernier et il n'y avait que des vignobles à perte de vue. »

— Vaguement, répondit-il avant de désigner du doigt les grosses caisses blanches disséminées entre les plates-bandes. Qu'est-ce que c'est que ces drôles de boîtes ? demanda-t-il à Elisabeth.

— Des ruches, lui expliqua-t-elle. D'habitude, l'apiculteur qui nous les loue les récupère en septembre, mais, cette année, il n'est pas encore venu les chercher.

— Pourquoi avez-vous besoin de ses abeilles ?

— Pour qu'elles pollinisent nos groseilliers et nos framboisiers à l'époque de la floraison. Plus elles butinent au printemps, meilleure est la récolte.

— Vous ne laissez rien au hasard.

— Etant donné que la survie du domaine dépend de la vente des fruits, je suis obligée de me montrer prévoyante. Contrairement à ce que s'imaginent les citadins, gérer une ferme de cinquante hectares n'est pas de tout repos.

— En automne et en hiver, il doit y avoir moins de travail à abattre qu'à la belle saison.

— Ne croyez pas cela ! Dès que les baies ont été cueillies, il faut traiter, désherber, palisser et, après Noël, il est important de tailler les arbustes à différentes hauteurs de manière à pouvoir échelonner la production. Vous sentez-vous capable de trimer du matin au soir ?

— Oui, acquiesça Henry avec enthousiasme. Un peu d'exercice ne me fera pas de mal.

« Et si je patauge dans la gadoue certains jours, compléta-t-il en lui-même, je n'aurai qu'à me rappeler les merveilleux bains de boue que j'ai pris à Calistoga l'an dernier. »

— Une fois que vous m'aurez aidée à planter des échalas et à mettre les tiges en espalier, vous tondrez afin d'éviter que le liseron n'asphyxie les framboisiers. Etes-vous déjà monté sur un tracteur ?

Henry, qui collectionnait les bolides comme d'autres les timbres-poste, s'imagina pilotant un énorme John Deere sous un soleil radieux et se félicita d'avoir accepté le défi que lui avait lancé Cynthia.

— Non, je n'en ai pas encore eu l'occasion, reconnut-il, mais rien ne me plaît davantage que d'être au volant d'une grosse cylindrée.

— Tant mieux, car il faudra que vous conduisiez toutes sortes d'engins. Vu la superficie des vergers et l'état des chemins de terre qui traversent la propriété, nous sommes parfois obligés de nous déplacer en quad.

« Moi qui adore les 4x4, je vais être servi », exulta Henry.

— Savez-vous ce qu'est l'oïdium ? lui demanda Elisabeth.

— Absolument pas. De quoi s'agit-il ?

— D'une maladie parasitaire due à un champignon microscopique qui s'attaque aux végétaux et couvre leurs feuilles d'une poussière blanchâtre. Pendant la floraison, on ne peut pas pulvériser de fongicides, mais maintenant que l'été est terminé et que la pluie menace, il est urgent de traiter les arbustes.

— Bien que je ne connaisse pas grand-chose aux travaux de la ferme, ce sera avec plaisir que je m'en chargerai.

— Merci. Je suis persuadée que je n'aurai qu'à me féliciter de vous avoir…

— Sors d'ici, espèce de minus ! hurla Sam en ouvrant la porte de l'écurie et en chassant Caitlin du vieux bâtiment. Tu n'es même pas capable de nourrir un cheval.

— Rentrons vite à la maison ou ces deux-là vont s'étriper, dit Elisabeth.

— Voulez-vous que je vous aide à préparer le dîner ? proposa Henry.

— Ce n'est pas la peine. Je me suis déjà occupée de tout.

— Il ne vous arrive jamais de rêver d'une vie moins trépidante ?

— Pour avoir le temps de rêver, il faut être riche et désœuvré.

« Comme je le suis, moi », s'abstint de confesser Henry, qui n'avait connu que le luxe et l'oisiveté depuis la fin de ses études à Harvard.

— Quel arôme ! s'exclama-t-il lorsqu'il pénétra dans le vestibule et qu'il huma la délicieuse odeur de tomates et de fromage qui s'échappait de la cuisine.

Après avoir sorti du four le plat à gratin qu'elle y avait glissé, Elisabeth enroula un tablier à volants autour de ses hanches avec une telle grâce que Henry dut se retenir pour ne pas la serrer contre lui et cueillir sur ses lèvres pulpeuses le plus ardent des baisers.

4.

« Si on se fiait aux seuls bruits de la maison, on pourrait croire qu'il ne s'est rien passé d'extraordinaire cet après-midi », se dit Elisabeth en découpant sa tarte aux pommes et en entendant des rires fuser derrière elle. Les enfants plaisantaient comme d'habitude, le chat ronronnait dans un coin de la cuisine, les grillons qui avaient élu domicile sous la véranda vocalisaient au clair de lune et les coassements des grenouilles qu'on voyait sautiller au bord de l'étang n'étaient ni plus ni moins assourdissants que les autres soirs, mais, depuis qu'elle avait engagé Henry, il lui semblait que tout s'était accéléré autour d'elle et que la vie ne reprendrait son cours normal que le jour où Manny Gallegos rentrerait d'Hermosillo.

— Chez nous, monsieur Davenport, déclara Abigail d'un petit ton doctoral, il y a une tradition.

— Tiens donc ! s'exclama gaiement Henry. Quel genre de tradition ?

— Le samedi, à la fin du dîner, chacun raconte ce qui lui est arrivé de spécial pendant la semaine et le dimanche, on remercie Dieu pour les bons moments qu'on a passés. C'est papa et maman qui avaient décidé cela quand ils étaient encore à la ferme.

— Si cette coutume vous paraît bizarre, lança Elisabeth à Henry après avoir regagné la table et fait le service, vous n'êtes pas obligé de nous imiter.

— Je la trouve tellement charmante, au contraire, que je m'en voudrais de ne pas la respecter, affirma-t-il avec un sourire à damner une sainte.

« Jamais je n'aurais dû l'embaucher, se réprimanda la jeune femme en sentant son cœur s'affoler dans sa poitrine et en vidant d'un seul trait le verre d'eau glacée qu'elle avait posé devant son assiette. Maintenant que j'ai eu la sottise de lui offrir l'hospitalité, il faut que j'apprenne à mieux me contrôler. »

— Qui commence ? demanda-t-elle à son frère et à ses sœurs.

— Moi, s'écria Caitlin.

— Vas-y, ma puce, on t'écoute. Que t'est-il arrivé de beau cette semaine ?

— Sam est venu boire du thé dans ma chambre et on a mangé plein de gâteaux.

— Si tu ne m'en avais pas donné, je ne serais pas resté, précisa l'adolescent, le front écarlate. Un garçon, ça ne joue pas à la poupée.

— La prochaine fois que je préparerai un goûter pour mes Barbie, lui demanda la fillette sans se laisser démonter par cet accès de mauvaise humeur, je pourrai inviter M. Davenport ?

— Oui, répondit-il d'un air bourru. A condition qu'il ne vide pas la boîte de biscuits.

— Je serai très honoré de m'asseoir à ta table, princesse, dit Henry à Caitlin. Je suis comme Sam : je raffole des cookies.

— Lesquels vous préférez ?

— Ceux aux pépites de chocolat et aux noix de cajou.

« Malgré ce qu'il m'a dit, songea Elisabeth en voyant un sourire lumineux arquer les lèvres de sa petite sœur, il sait très bien s'y prendre avec les enfants et, s'il continue à jouer de son charme, il ne va pas tarder à mettre toute la famille dans sa poche… Toute la famille, sauf moi, naturellement ! Après ce que m'a fait vivre Toby pendant nos fiançailles, il est hors de question que je retombe dans les bras d'un don Juan. »

— A ton tour, Sam ! s'exclama-t-elle avec un peu trop d'enthousiasme. Que t'est-il arrivé de formidable depuis samedi dernier ?

— J'ai prêté mon skate-board à Aaron Eliot et il a eu un accident.

— Le pauvre ! J'espère qu'il n'a pas fallu l'emmener à l'hôpital ?

— Non. Il s'est juste ouvert le front.

— Et c'est ce que tu retiens de plus agréable dans ta semaine ! Tu n'as quand même pas trouvé cela drôle ?

— Je ne suis pas le seul à avoir rigolé. Quand il s'est relevé, le visage plein de sang, mes autres copains lui ont dit qu'il devrait aller tourner dans un film d'horreur à Hollywood.

— Qui s'est occupé de lui ensuite ?

— Ses parents. Comme il avait l'air tout bizarre, je leur ai demandé de venir le chercher.

— Enfin un beau geste !

— Ce qui m'a le plus marqué cette semaine, déclara Henry, c'est ma rencontre avec de gentils fermiers.

— Où est-ce qu'ils habitent ? s'informa Caitlin, les yeux étincelants de curiosité.

— Tu ne vois pas qu'il parle de nous, idiote ? dit son frère.

— Surveille un peu ton langage, Sam ! maugréa Elisabeth. Je t'ai déjà répété je ne sais combien de fois que je ne voulais pas t'entendre insulter Caitlin.

— Je suis très heureux d'être là, parmi vous, poursuivit Henry en négligeant l'interruption, et j'ai hâte d'apprendre à mieux vous connaître.

Après avoir offert son plus charmant sourire aux enfants, il se tourna vers Elisabeth et l'enveloppa d'un regard tellement suggestif qu'elle s'empourpra jusqu'aux oreilles.

« Du calme, imbécile ! se reprocha-t-elle en piquant du nez dans son assiette. Si tu continues à rougir comme une adolescente attardée, cet insolent va deviner qu'il te plaît et se croire tout permis. »

— A mon tour, maintenant ! dit Abigail, la voix vibrante d'excitation. Au début de la semaine, Madison Patrick, une copine de classe, m'a demandé de faire partie de son équipe de base-ball.

— Et tu as accepté ? s'étonna Sam, plus habitué aux prouesses intellectuelles de sa sœur qu'à ses exploits sportifs.

— Bien sûr ! A l'école, les filles se moquent de moi pendant les cours de gym parce que je suis moins grande qu'elles et que je n'arrive pas à sauter par-dessus le cheval d'arçons. Alors, j'ai voulu montrer à Madison et à ses amies que j'étais capable de me servir d'une batte.

— Contre qui avez-vous joué ?

— Contre les élèves de CM2.

— Et vous avez gagné ?

— Oui. A cinq minutes de la fin du match, Danielle McLean a manqué la balle trois fois de suite et elle a été éliminée.

— Pourquoi ne nous as-tu pas parlé de cela plus tôt, ma chérie ? interrogea Elisabeth, qui savait à quel point Abigail souffrait de ne pas être aussi à l'aise sur un terrain de base-ball que dans une salle de classe.

— Parce que c'était une nouvelle tellement importante que j'ai préféré garder le secret jusqu'à ce soir, répliqua la fillette.

Et, après avoir avalé un gros morceau de tarte, elle enchaîna :

— A toi, Bessey ! Qu'est-ce qui t'est arrivé de mieux ces sept derniers jours ?

« Ma rencontre avec notre nouveau régisseur », faillit répondre Elisabeth.

Mais, de crainte que cet aveu ne donne à Henry l'impression qu'il pourrait facilement la séduire, elle ravala les mots qui se bousculaient sur ses lèvres, puis lança d'une voix haute et claire :

— La soirée que je viens de passer en votre compagnie, les enfants, a été le meilleur moment de la semaine.

— Ah ! tu dis ça tous les samedis, protesta Sam.

— Pas étonnant ! J'adore écouter tes sœurs me parler de leurs exploits et t'entendre plaisanter.

— Même si c'est de mon copain Aaron Eliot que je me moque ?

— Non, car je n'aime pas qu'on se réjouisse du malheur des autres.

— Vous êtes trop bonne, déclara Henry, une lueur d'admiration au fond des yeux.

— Presque aussi bonne que la tarte aux pommes, dit Caitlin avant de froncer son joli petit nez barbouillé de sucre glace et d'éclater d'un rire communicatif.

— Depuis que Sam, Abby et Caitlin se sont mis au lit, vous n'avez pas eu une seconde de répit, observa Henry en pénétrant dans le living-room aux alentours de minuit et en s'asseyant sur l'un des accoudoirs du canapé, un verre d'eau fraîche à la main. Vous avez débarrassé la table, lavé la vaisselle, balayé la cuisine, épousseté les meubles de l'entrée et voilà que vous vous attaquez au séjour ! Quand vous déciderez-vous à monter vous coucher ?

— Lorsque j'aurai fini de ranger cette pièce, répondit Elisabeth après avoir soigneusement plié le châle quadrillé de rouge et de blanc qui masquait la housse délavée d'une bergère.

— Voulez-vous que je vous aide ?

— Non, merci. Profitez plutôt de cette soirée pour vous familiariser avec les lieux et pour vous relaxer, car vous n'aurez pas souvent l'occasion de le faire dans les semaines à venir.

— Conduire un tracteur n'est pas ce que j'appelle une corvée.

— Une fois que vous aurez palissé les framboisiers, désherbé les vergers et pulvérisé des litres de fongicide sur tous les arbustes, vous ne direz pas la même chose.

— Je ne suis pas en sucre, vous savez. Quand quelqu'un me réclame un coup de main, je n'hésite pas à retrousser mes manches et à payer de ma personne.

— Je ne doute pas de votre bonne volonté, mais je crains que vous n'ayez pas mesuré l'ampleur de la tâche qui vous attend.

Préférant patienter jusqu'à la fin du week-end pour montrer ses multiples talents à Elisabeth et lui prouver qu'elle avait tort de le sous-estimer, Henry vida son verre d'eau à longues gorgées, puis effleura du regard les portraits de famille épinglés à la hotte de la cheminée.

— Qui sont les gens qu'on voit sur ces photos ? interrogea-t-il.

— Mon père et Flora, sa seconde épouse, murmura la jeune femme avant de lancer au fond d'un panier à linge les vieux ours en peluche qui encombraient le sofa. Elles ont été prises après la naissance de Sam.

— Vous m'avez dit que vos parents ne vivaient plus à Berry Patch. Où sont-ils partis ?

— Au paradis, j'espère.

— Oh ! pardon. Quel maladroit, je fais ! J'aurais dû deviner qu'ils ne pouvaient pas avoir quitté le domaine en abandonnant leurs enfants. Que leur est-il arrivé ?

— Ils ont été victimes d'un accident de voiture.

— Les miens ont également eu une fin tragique. L'avion à bord duquel ils étaient montés s'est écrasé au sol et ils ont été tués sur le coup.

— Le décès d'un proche est toujours une épreuve terrible, mais, quand on n'y est pas préparé, on a encore plus de mal à s'en remettre.

— C'est vrai. Le soir où j'ai appris que j'étais orphelin, j'ai reçu un tel choc qu'il m'a fallu des semaines pour accepter la réalité.

— Moi aussi.

— Et votre mère, de quoi est-elle morte ?

— D'un cancer. Comme j'étais petite à l'époque et qu'elle avait souffert le martyre avant de s'éteindre, sa disparition m'a moins bouleversée que celle de mon père.

— Quel âge aviez-vous lorsqu'il vous a quittée ?

— Vingt et un ans. Caitlin, elle, n'était encore qu'un bébé et, si j'avais refusé de l'élever, elle aurait été placée dans un foyer.

— Personne autour de vous n'a eu peur que vous ne vous effondriez sous le poids des responsabilités ?

— Non. J'ai dit à l'employée des services sociaux chargée de notre dossier que je pourrais me débrouiller sans l'aide de qui que ce soit et elle m'a crue.

— Elle vous rend visite de temps en temps pour s'assurer que les enfants et vous allez bien ?

— Oui, mais elle n'a aucune raison de s'inquiéter. Tant qu'ils auront besoin de moi, je continuerai à m'occuper de Sam, d'Abby et de Caitlin.

— Un jour, ils seront adultes et ils s'en iront.

— Je le sais. Ils grandissent à une telle vitesse que, quand ils quitteront la ferme, j'aurai l'impression de ne pas avoir suffisamment profité d'eux.

— Avant que les autorités ne vous les confient, que faisiez-vous ?

— Je préparais une licence à l'université de Portland.

— Quel métier vouliez-vous exercer ?

— Celui d'enseignante.

— Comptez-vous reprendre vos études une fois que Caitlin sera entrée à l'école primaire ?

— J'ai trop de travail en ce moment pour réfléchir à la question.

Elisabeth ramassa les briques de Lego éparpillées au pied de la cheminée, puis les rangea au fond de sa panière et leva sur Henry un regard empli de sollicitude.

— Vous aussi, vous avez perdu vos parents, dit-elle d'une voix douce, et après le… les revers de fortune que vous avez subis, vous devez vous sentir désemparé certains jours. Avez-vous des projets ?

« Oui, acquiesça-t-il secrètement. J'ai décidé d'aller fêter Thanksgiving à New York avec des amis, de passer les deux premières semaines de janvier à Hawaii et de partir faire du ski sur les pistes de Telluride à la mi-février. »

— Quelques-uns, marmonna-t-il en baissant la tête et en feignant de s'absorber dans la contemplation de ses chaussures.

— Une fois que Manny sera de retour à Berry Patch, je n'aurai plus besoin de vous.

— Je m'en doute.

— Si vous voulez envoyer votre curriculum vitæ à des entreprises de la région, n'hésitez pas à me le dire. Je vous prêterai mon ordinateur. Ce n'est pas un modèle dernier cri, mais il est équipé d'un bon logiciel de traitement de texte.

— Merci. Vous êtes très gentille…

« … et incroyablement courageuse », faillit ajouter Henry après avoir essayé en vain d'imaginer à quoi ressemblerait sa vie s'il devait travailler dans un restaurant, diriger une ferme et élever trois enfants.

— Qu'est-ce qui vous a poussée à accepter cet emploi de serveuse au Berry Bistrot ? demanda-t-il à Elisabeth.

— La nécessité. Les revenus du domaine sont trop irréguliers pour que je puisse compter dessus : les baies se vendent plus ou moins bien d'une année à l'autre, le matériel agricole coûte cher et on ne sait jamais quelle quantité de fruits on va récolter.

— C'est à cause de ces aléas que vous cultivez également du maïs et du blé ?

— Oui. Comme je ne tenais pas à mettre tous mes œufs dans le même panier et à me retrouver sur la paille, j'ai préféré diversifier la production.

— Quand j'avais vingt-cinq ans, j'étais moins pragmatique que vous.

— Si vous aviez été chef de famille à cet âge-là, vous auriez vite mûri.

— Votre travail au snack-bar vous plaît ?

— Pas vraiment. J'aimerais mieux rester à la maison et m'occuper des enfants, mais les primes d'assurance maladie sont très élevées et je n'aurais pas les moyens de les régler. Lorsque Mme Alexander m'a embauchée, elle m'a dit qu'elle les paierait à ma place tant que je resterais à son service. Rares sont les employeurs qui offrent de tels avantages à leurs salariés.

Elisabeth rassembla les crayons de couleur disséminés autour du canapé, puis les laissa tomber dans sa corbeille et alla ranger celle-ci au fond d'un vieux coffre à jouets.

— Comme je n'ai pas eu le temps de discuter des clauses de votre contrat avec Mlle Sterling, reprit-elle, je tiens à vous informer que, pendant toute la durée de votre séjour à la ferme, vous ne pourrez pas bénéficier des prestations sociales.

— Aucune importance ! s'exclama Henry. Avant que je ne me ruine à la Bourse, mon conseiller financier m'avait demandé de m'assurer auprès d'une grande compagnie de la côte Ouest et ma police n'a pas encore été résiliée.

— Les saisonniers que j'engage parfois l'été n'ont pas ce privilège, eux. Pour les récompenser de leurs efforts, j'essaie de mieux les rétribuer que les autres producteurs de fruits de la région, mais ils devraient gagner bien plus.

— Et vous qui trimez du 1er janvier au 31 décembre, que méritez-vous ?

Le visage rembruni, Elisabeth attrapa un petit singe en peluche qu'elle avait oublié de ranger dans sa panière et le serra sur son cœur.

— Moi, j'ai déjà eu ce que je méritais, laissa-t-elle tomber d'une voix éteinte.

Puis, avec un pâle sourire, elle embrassa le living-room du regard.

— Cette pièce a l'air moins « pittoresque » qu'à votre arrivée, vous ne trouvez pas ? interrogea-t-elle.

— Beaucoup moins, répliqua Henry. Vous avez fait du très bon travail.

— Maintenant que la maison est en ordre, allons nous coucher !

« Où cela ? eut-il envie de demander, des rêves de baisers passionnés plein la tête. Dans ma chambre ou dans la vôtre ? »

— Ne pensez-vous pas qu'il est encore un peu tôt et que nous risquons de tout gâcher en brûlant les étapes ?

— Un peu tôt ! releva Elisabeth, les yeux soudés à la grosse comtoise qui agitait son balancier de l'autre côté de la cheminée. Minuit ne va pas tarder à sonner. Il est donc grand temps que nous montions nous reposer si nous ne voulons pas avoir l'air de deux zombies à notre réveil.

Qu'ils montent *se reposer* ?… Henry descendit brutalement du petit nuage rose où ses fantasmes l'avaient propulsé et prit conscience avec un certain embarras qu'il avait parlé à haute voix.

— Vous venez ? lança-t-elle avant de quitter le living-room d'une démarche pesante et de gravir l'escalier avec une infinie lassitude.

« Au lieu de rêvasser, j'aurais dû lui offrir mon bras et l'aider à regagner sa chambre, se réprimanda-t-il, honteux d'avoir laissé son imagination vagabonder. Ce dont elle a besoin, ce n'est pas d'un amant ni même d'un nouveau régisseur, c'est d'un ange gardien. Et qui mieux que moi pourrait tenir ce rôle ? »

— Vous croyez qu'il est mort ?

La voix, inquiète, stridente, qui répétait sans cesse les mêmes mots comme on psalmodie une prière, perça l'épais brouillard dans lequel Henry s'était enfoncé la veille au soir.

— S'il est vivant, pourquoi est-ce qu'il ne bouge pas ? s'étonna une seconde voix.

— Il faudrait qu'on le secoue et qu'on lui jette un seau d'eau à la figure, suggéra une troisième, moins aiguë que les deux premières.

— Non, chuchota une autre. Laissons-le tranquille.

« Bonne idée ! approuva Henry. Taisez-vous et allez-vous-en loin, très loin d'ici. »

Mais une odeur pénétrante de rose, de bergamote et de lilas qu'il aurait reconnue entre mille vint lui taquiner les narines et le tirer du demi-sommeil où il se prélassait. La tête lourde et les jambes engourdies, il ouvrit péniblement les paupières et vit quatre paires d'yeux bleu saphir plonger dans les siens.

— Ah ! s'exclama Elisabeth, vous êtes enfin réveillé.

— Quelle heure est-il ? grommela Henry en se redressant sur un coude.

— 7 heures.

— Du matin ?

— Evidemment !

— Vous vous levez toujours aussi tôt ?

— Toujours, affirma Abigail. Le lundi, il arrive même qu'on soit debout au chant du coq.

— Mais le week-end, vous dormez bien un peu plus longtemps ?

— Ça dépend du travail qu'on a à faire. Quand on est obligé de balayer la cour, par exemple, on ne peut pas traîner au lit.

« Une maison de fous ! se dit Henry, qui sortait rarement de sa chambre avant que le soleil ne soit au zénith. Pour une fois que j'accepte de descendre ailleurs qu'au Ritz ou au Hilton, il a fallu que cette peste de Cynthia m'envoie dans une maison de fous. »

— Vous voulez venir à la messe avec nous ? lui demanda Elisabeth.

— Il y a eu un décès à Berry Patch ? marmonna-t-il, le cerveau embrumé.

— Pas que je sache.

— Quelqu'un va se marier ?

— Non. L'épicier et la receveuse des postes se sont fiancés la semaine dernière, mais leurs noces n'auront lieu qu'à la fin de l'année.

— Un enfant doit être baptisé ?

— Non plus.

— Pourquoi voulez-vous aller à l'église, alors ?

— Parce que c'est dimanche, tiens ! s'exclama Caitlin.

« Moi, le dimanche matin, songea Henry en étouffant un bâillement, je me lève à 11 h 30, je prends mon brunch au bord de ma piscine et je sirote un cappuccino. »

— Après la messe, déclara Abigail, Mme Logan, la femme du maire, offre des crêpes à tout le monde.

— Et elles sont encore meilleures que les tartes de Bessey, ajouta Sam, la mine gourmande.

— Si vous préférez rester à la maison plutôt que de nous accompagner, monsieur Davenport, ce n'est pas un problème, dit Elisabeth. Je vais établir la liste des petites choses que vous aurez à faire pendant notre absence et il vous suffira de suivre mes instructions.

— Entendu, répondit Henry avant de laisser retomber sa tête sur l'oreiller et de replonger dans le sommeil comme dans un puits sans fond.

5.

— Si vous préférez reporter le rendez-vous, murmura-t-elle [...]

— Monsieur, appela-t-elle [...]

— Quelle matinée ! bougonna Elisabeth en revenant à la ferme peu avant 11 heures et en garant son vieux 4x4 au bas du perron.

Comme le bruit s'était répandu qu'elle avait enfin trouvé un remplaçant à Manny Gallegos, toutes les paroissiennes s'étaient regroupées autour d'elle à la sortie de l'église et, avec une curiosité mêlée d'inquiétude, l'avaient bombardée de questions.

— Je peux aller m'amuser dans la mare, Bessey ? demanda Caitlin après avoir jailli de la voiture à la suite de Sam et d'Abigail.

— Tu sais bien qu'il n'y a pas de mare à côté de la maison, ma chérie, lui rappela sa sœur.

— Si, il y en a une grosse là-bas, riposta la fillette, un doigt braqué sur les torrents de boue qui s'échappaient du potager.

Oubliant qu'elle portait le seul tailleur élégant de sa garde-robe et de jolies bottines en cuir suédé dont elle avait l'habitude de prendre le plus grand soin, Elisabeth s'élança vers le jardin et, à la vue des plates-bandes transformées en piscine, crut que son cœur allait s'arrêter de battre. Les choux, les navets, les carottes, les salades et les autres légumes qui auraient dû lui permettre de nourrir sa famille jusqu'au printemps sans avoir à dépenser des fortunes chez l'épicier avaient été déracinés et flottaient lamentablement à la surface de l'eau.

— Comment se fait-il que Henry n'ait pas fermé le robinet ? maugréa-t-elle avant d'empoigner le tuyau d'arrosage qui gargouillait à ses pieds et de couper l'alimentation. Je lui avais demandé de s'en occuper dès qu'il se lèverait.

— C'est grave ? questionna Sam, les yeux fixés à la brouette maculée de boue qui dérivait entre deux cordeaux arrachés.

— Pas trop, répondit la jeune femme pour ne pas l'alarmer. A cette époque de l'année, il est encore possible d'acheter des plants et de les repiquer.

— Moi, j'aime bien jardiner, déclara Caitlin. Quand je veux manger des salades, je cache des petites graines dans la terre et j'attends que les feuilles poussent.

— Reste où tu es, mon ange ! lui intima Elisabeth en la voyant sauter par-dessus les flaques et virevolter le long des plates-bandes. Si tu fais un pas de plus, tu risques de t'embourber.

Mais à peine avait-elle lâché le dernier mot que la fillette se tordit la cheville au creux d'une ornière et s'étala sur le sol détrempé.

— J'ai mal à mon genou, Bessey, cria-t-elle, les joues inondées de larmes. Et ma belle robe blanche, elle est toute sale.

— Ne t'inquiète pas, ma puce, je la laverai, lui dit sa sœur avant de la rejoindre à l'entrée du potager et de la serrer dans ses bras.

— Tu vas me mettre un pansement et me donner un bonbon pour que j'arrête de pleurer ?

— Oui. Dès que j'aurai nettoyé ta plaie, je sortirai ma boîte de sparadraps de l'armoire à pharmacie et je…

— Il y a le feu, coupa Abigail, affolée.

Après avoir reposé Caitlin à terre, Elisabeth se retourna d'un bond et sentit une vague de panique la submerger. Par la fenêtre grande ouverte de la cuisine s'échappait un nuage de fumée qui masquait la porte du vestibule, noircissait les poutres de la véranda et s'élevait en spirale jusqu'aux lucarnes à tabatière du grenier.

— Pendant qu'Abby s'occupe de Caitlin, prends le tuyau et suis-moi, hurla-t-elle à Sam.

Puis, le cœur battant, elle se précipita vers le perron.

— La messe est déjà terminée ? s'étonna Henry en surgissant du hall à l'instant même où elle allait gravir les marches de l'escalier. Je croyais qu'elle ne s'achèverait qu'à midi.

« La messe ! faillit-elle s'écrier. La maison est en train de brûler et vous osez me parler de la messe ? »

Mais, de peur de se laisser envahir par la colère comme elle l'avait fait la dernière fois que Sam avait obtenu un zéro pointé à un contrôle de maths, elle s'obligea au calme et demanda d'une voix unie :

— Que s'est-il passé ?

— J'ai voulu me préparer des œufs à la Benedict pour le petit déjeuner, expliqua Henry. Seulement, j'ai eu beau feuilleter votre livre de cuisine, je n'ai pas trouvé la recette de la sauce hollandaise. Alors, je me suis dit qu'une omelette aux fines herbes et des toasts beurrés seraient aussi bons et j'ai branché le…

— Il paraît que le général Benedict Arnold était un traître, interrompit Abigail en s'approchant du perron. Bien qu'ils n'aient aucune preuve formelle de sa culpabilité, certains historiens prétendent qu'il aurait pactisé avec l'ennemi durant la guerre de l'Indépendance et que…

— Arrête de me casser les oreilles, Abby ! coupa Elisabeth. Je n'ai pas besoin que tu me récites par cœur toute une page de l'encyclopédie.

Puis, à l'adresse de Henry, elle enchaîna :

— Avant ce matin, vous étiez-vous déjà servi d'une poêle et d'un grille-pain ?

— Non, reconnut-il. Je n'ai pas l'habitude de préparer moi-même mes repas.

— Si vous ne savez pas cuisiner, qu'est-ce qui vous a pris de vouloir imiter les grands chefs ? Cela ne vous avait pas suffi d'inonder mon jardin et de noyer mes salades ?

— D'inonder votre jardin ! répéta Henry avec perplexité. De quoi parlez-vous ?

— Des torrents de boue qui ont saccagé les plates-bandes parce que vous aviez oublié de fermer le robinet. Vous n'avez pas lu les instructions que je vous avais laissées ?

— Pas encore. J'ai bien vu que vous aviez collé un pense-bête sur la porte du réfrigérateur, mais, comme j'étais mort de faim, je me suis dit que j'aurais tout le temps d'y jeter un œil une fois que j'aurais fini de déjeuner.

— Quand vous êtes-vous levé ?

— Il y a une demi-heure. Le week-end, j'adore faire la grasse matinée.

« Un mot de plus et je vais exploser », fulmina Elisabeth, au comble de l'agacement.

— Où est l'incendie ? hurla Sam en sortant du potager, le tuyau d'arrosage à la main.

— Inutile de courir, mon grand ! lui conseilla Henry. Les flammes ont juste léché le plafond.

— Vous avez réussi à éteindre le feu ?

— Oui. J'ai dû être pompier dans une autre vie.

— Pourquoi avez-vous mis le tablier à volants de Bessey ?

— Pour ne pas me salir.

— M. Davenport a essayé de cuisiner, expliqua Caitlin en gloussant.

— Tu ne trouves pas qu'il ressemble à papa ? demanda Abigail à son frère. Lui aussi, lorsqu'il préparait le petit déjeuner, il s'habillait comme une fille.

— Et il laissait brûler nos tartines, se rappela Sam.

— Maman lui avait défendu de se servir du grille-pain et d'allumer la cuisinière, ajouta Abigail. Chaque fois qu'il lui désobéissait, on n'arrivait plus à respirer, tellement la maison était enfumée.

— Je m'en souviens pas, claironna Caitlin. J'étais encore un bébé quand il est parti dormir au cimetière.

« Tout est ma faute, se dit Elisabeth en voyant s'assombrir le regard de Sam et d'Abigail. S'ils sont tristes aujourd'hui, c'est à cause de moi et de moi seule. »

— Je vais aller remettre le tuyau à sa place, décréta Sam avant de pivoter sur ses talons et de regagner le potager au pas cadencé.

— Tu veux que je monte changer Caitlin ? demanda Abigail à Elisabeth dès qu'il se fut engouffré dans l'étroite resserre coiffée de tôle rouillée où étaient entassés les outils de jardinage.

— Oui, merci. Après l'avoir déshabillée, laisse sa robe sale à côté de la machine à laver et aide-la à enfiler sa salopette en jean.

— D'accord.

— Je regrette d'avoir traîné au lit et de ne pas avoir eu le temps de suivre vos instructions, dit Henry, l'air penaud, lorsque les deux fillettes eurent gravi le perron. J'étais loin de m'imaginer que ma... désinvolture aurait de telles conséquences.

— Vos excuses ne suffiront pas à réparer les dégâts que vous avez causés, riposta-t-elle sèchement. Les trois quarts des choux, des poireaux et des salades qui se trouvaient dans le potager ont été déracinés par votre faute. Si je ne veux pas que les enfants soient privés de légumes frais cet hiver, il va falloir que j'achète de nouveaux plants et que vous les repiquiez la semaine prochaine.

— Qu'aimeriez-vous que je fasse d'autre en attendant ?

— Que vous nettoyiez la cuisine.

— Comptez sur moi ! Un peu d'eau de Javel, quelques coups d'éponge et le tour sera joué.

« S'il y a un métier que je ne suis pas près d'exercer, c'est bien celui d'homme au foyer », se dit Henry en fixant avec une grimace de dégoût la serpillière maculée de jaune d'œuf et de suie qu'il tenait à la main.

Depuis plus de vingt minutes, il lavait, frottait, récurait les lieux où il avait testé ses talents de maître queux, mais aucune des taches qui noircissaient les brûleurs de la cuisinière ne semblait vouloir s'effacer.

— Vous n'avez pas d'essuie-tout ? demanda-t-il à Elisabeth.

— Non, maugréa-t-elle en jetant au fond d'une marmite les pommes de terre et les oignons qu'elle venait d'éplucher. Je n'ai pas les moyens de m'en acheter.

De l'air d'un condamné qu'on mène à l'échafaud, Henry saisit le morceau de toile rêche que lui désignait la jeune femme et se remit à l'œuvre. Avant son arrivée à la Wheeler Berry Farm, il n'avait qu'à agiter une sonnette pour que ses domestiques accourent des quatre coins du manoir et se plient à ses volontés. Quand il se réveillait le matin, une odeur de café flottait dans la maison et un petit déjeuner copieux l'attendait au rez-de-chaussée. Pendant qu'il savourait les croissants viennois, les brioches à la crème d'amandes et les pains aux raisins qu'avait confectionnés son cuisinier, Mme Zimmer, sa femme de chambre, montait faire son lit et épousseter ses meubles. Le soir, lorsqu'il rentrait du théâtre ou de l'Opéra, une soupière fumante trônait sur le plateau de marbre d'une desserte et son majordome s'empressait de tirer l'une des chaises habillées de velours cramoisi qui dansaient la farandole autour de la table en acajou massif de la salle à manger.

— Essayez avec cela, intima Elisabeth à Henry en imbibant d'un liquide jaunâtre la lavette qu'elle lui avait donnée.

— Il est miraculeux, votre produit, constata-t-il après avoir frotté une nouvelle fois les brûleurs et réussi à les décaper. Qu'est-ce que c'est ?

— De l'eau et du vinaigre, l'informa-t-elle. Il n'y a pas de meilleur détergent.

— Je croyais que seules les poudres à récurer dont on nous vante les mérites à la télé étaient efficaces.

— Vous ne faites jamais le ménage ?

— Non. Je… j'en ai rarement eu l'occasion ces derniers temps.

— Oh ! excusez-moi. J'avais oublié que vos créanciers vous avaient obligé à vendre votre maison et que vous n'aviez plus de domicile.

« Si je tenais Cynthia, je l'étranglerais », pensa Henry, gêné par le regard plein de compassion dont l'enveloppait Elisabeth.

— Maintenant que la cuisinière est propre, je vais nettoyer le plafond, lui dit-il avant de grimper sur un tabouret et de réparer les dégâts que les flammes avaient causés.

— Bravo ! s'exclama-t-elle dès qu'il eut terminé. Il ne reste aucune trace de l'incendie.

— Comme je ne suis ni un grand chef ni une fée du logis, j'éviterai à l'avenir de jongler avec des œufs et de mettre votre grille-pain en marche.

— Il vaudra mieux effectivement que vous me laissiez préparer les repas et que vous vous consacriez aux travaux des champs.

— Par quoi voulez-vous que je commence ?

— Par la tonte.

Après avoir calé sa marmite sur l'un des brûleurs rutilants de la cuisinière et mis son ragoût à chauffer, Elisabeth entraîna Henry vers un bâtiment de pierres sèches qui menaçait ruine à quelques mètres de la véranda, puis elle lui montra le microtracteur qu'il allait devoir conduire et lui expliqua à quoi servaient les différents leviers.

— Avez-vous des questions à me poser ? demanda-t-elle ensuite.

— Oui, acquiesça-t-il en s'approchant d'elle, les narines dilatées. J'aimerais savoir si c'est votre eau de toilette ou votre shampooing qui sent aussi bon.

— Mon eau de toilette, répondit-elle, les joues enflammées. Sam, Abby et Caitlin m'en ont offert un flacon cet été.

— Ils n'auraient pas pu choisir un plus joli cadeau que celui-là.

— Bien qu'elle ne soit encore qu'une petite fille, Caitlin est très coquette et elle connaît mieux que moi le nom des grands parfums.

— Lorsque je rentrerai à la maison, il faudra que je la félicite.

— Pour le moment, contentez-vous de grimper sur cet engin et d'aller travailler.

— A vos ordres, mon capitaine ! se moqua Henry avant de se mettre au volant du microtracteur et de tourner la clé de contact.

— Vous croyez que vous arriverez à tondre les mauvaises herbes qui ont envahi les vergers sans les transformer en champs de bataille ?

— Je ne le crois pas, j'en suis persuadé. J'ai déjà conduit toutes sortes de véhicules, vous savez.

— Y compris du matériel agricole et des tondeuses autoportées ?

— Non. C'est mon jardinier qui s'occupe de… qui *s'est occupé* de l'entretien de mon parc jusqu'à ce que les huissiers m'expulsent de chez moi.

Espérant qu'Elisabeth n'avait pas noté le lapsus, Henry sortit de la grange à une vitesse qu'aucun radar n'aurait osé enregistrer, puis il traversa la cour dans une joyeuse pétarade et venait d'amorcer un virage à quatre-vingt-dix degrés lorsque la direction se bloqua.

— Qu'y a-t-il ? s'inquiéta la jeune femme dès qu'elle le vit tourner en rond au pied de la véranda.

— Rien de grave, lui cria-t-il. Je vérifie simplement le rayon de braquage de votre microtracteur par acquit de conscience.

« Et, une fois que ce maudit engin aura cessé de se prendre pour une toupie, acheva-t-il au fond de lui-même, je ferai de votre ferme le domaine le plus prospère du pays. »

— Tu as eu de la chance de rencontrer Henry Davenport, Bessey, dit Theresa Logan, la meilleure amie d'Elisabeth, en s'adossant au vieux pick-up que son frère, Gabriel, avait garé près du fenil des Wheeler. Toi qui rêvais de trouver un remplaçant à Manny Gallegos, tu n'aurais pas pu mieux tomber.

— Ce qu'il faut entendre ! bougonna Gabriel avant de saisir l'une des grosses bottes de foin qu'il avait empilées sur le plateau de sa camionnette et de la soulever comme s'il s'était agi d'un sac de plumes. Des tas de gens auraient été ravis de t'épauler jusqu'à ce que ton régisseur se décide enfin à rentrer du Mexique, Bess. Alors, pourquoi as-tu engagé ce type que tu ne connais ni d'Eve ni d'Adam ?

— Parce que je n'ai pas voulu être un fardeau, expliqua Elisabeth. Les cultivateurs de fruits de la région ont déjà du mal à s'occuper de leurs propres terres. Il était donc hors de question que je leur réclame un coup de main.

— Tu oublies que certains d'entre eux sont tes amis et qu'il ne leur viendrait pas à l'idée de te refuser leur aide.

— C'est de ton père et de toi que tu parles, Gabe ?

— Naturellement ! Tu sais bien que nous t'adorons, tous les deux, et que nous aurions préféré passer des week-ends entiers à palisser tes framboisiers plutôt que de laisser un parfait étranger s'installer à la ferme.

— Avant d'embaucher Henry, j'ai vérifié ses références et la dizaine de personnes auxquelles j'ai téléphoné n'ont pas tari d'éloges sur lui.

— Elles devaient manquer d'objectivité.

— Pourquoi dis-tu cela ?

— Parce qu'il est évident que ton nouvel employé ne connaît pas grand-chose à l'agriculture. Il paraît que, ce matin, il a laissé ouverte la porte du poulailler et que ton coq s'est échappé.

— Ce n'était pas sa faute. J'avais oublié de l'avertir que le loquet ne fonctionnait pas et qu'il fallait remettre le cadenas chaque fois qu'on sortait de la basse-cour.

— On m'a aussi raconté qu'il avait brisé le bec de lance de ton pulvérisateur.

— Il l'a effectivement abîmé en voulant traiter les groseilliers, mais il m'a proposé de me le rembourser dès qu'il aurait touché sa paie.

— Quelle générosité de sa part !

— Au lieu de te moquer de lui et d'écouter jacasser les commères de Berry Patch, tu devrais me féliciter d'avoir réussi à remplacer Manny sans avoir eu besoin de t'appeler à l'aide.

— Je te féliciterai le jour où tu me prouveras que ta nouvelle recrue mérite son salaire.

— Qui t'a parlé de son incompét… de son manque d'expérience ?

— Une personne de ton entourage.

Voyant Sam piquer du nez, Elisabeth darda sur lui un regard accusateur.

— C'est toi qui as vendu la mèche, hein ? lui demanda-t-elle.

— Oui, avoua-t-il en relevant la tête, mais je n'ai dit que la vérité.

— A savoir ?

— Que tu avais engagé un bon à rien.

— M. Davenport n'est arrivé chez nous que samedi soir. Tu ne crois pas qu'il est un peu tôt pour le critiquer ? Laissons-lui le temps de se familiariser avec les travaux de la ferme et de…

— A mon humble avis, Bess, interrompit Gabriel d'un ton caustique, tu as embauché un tocard.

— Comme je viens de l'expliquer à Sam, riposta Elisabeth, il est normal que Henry ne se soit pas encore adapté à son nouveau cadre de vie. Mais, dans quatre ou cinq jours, je suis sûre qu'il aura compris ce que j'attends de lui et qu'il se montrera à la hauteur.

« Enfin, presque sûre, rectifia la jeune femme en secret. Vu le nombre de bêtises qu'il a accumulées au cours de ces dernières quarante-huit heures, je me demande quel genre de métier il pourra exercer quand il aura quitté Berry Patch et qu'il sera obligé de trouver un nouvel emploi. Il n'est doué ni pour la cuisine, ni pour le ménage, ni pour aucune des tâches que je lui ai confiées jusqu'à maintenant et, où qu'il aille, il ne fait que déclencher des catastrophes. »

Pendant que son frère continuait à décharger les bottes de foin empilées à l'arrière de son pick-up, Theresa saisit les jumelles qu'il avait posées sur le tableau de bord et les pointa vers les framboisiers.

— Je sais ce qui t'a incitée à engager Henry Davenport, Bessey, dit-elle ensuite avec un petit hochement de tête. C'est son physique de rêve.

— Si tu crois que je suis sensible à son charme, tu te trompes, marmonna Elisabeth, les joues brûlantes. Je déteste les play-boys.

— Moi, en revanche, je suis heureuse qu'il y ait enfin un célibataire digne d'intérêt à Berry Patch. A force de voir diminuer le nombre des candidats au mariage, je désespérais de me caser.

— En ce qui me concerne, je ne suis pas impatiente de me mettre la corde au cou.

— La rupture de tes fiançailles t'a marquée à ce point ?

— Oui. Elle m'a ouvert les yeux et appris à me méfier des don Juan.

Theresa gratifia son frère d'un sourire espiègle.

— La concurrence va être rude, Gabe, lui dit-elle. Jusqu'à samedi dernier, tu pouvais te vanter d'être l'homme le plus sexy du comté, mais, maintenant que Bessey a engagé un sosie d'Apollon, tu risques de perdre ton titre et d'avoir moins de succès que lui.

— Il n'y a pas de danger, rétorqua Gabriel après avoir tiré un mouchoir de sa poche et épongé son front emperlé de sueur. Quelle femme voudrait épouser un S.D.F. ?

— Ce qu'il est drôle, M. Davenport ! s'exclama Caitlin, qui venait de s'emparer des jumelles et de les braquer sur les vergers.

Intriguée, Elisabeth pivota d'un quart de tour et scruta l'horizon.

— Oh ! mon Dieu, murmura-t-elle à la vue du gros nuage noir qui poursuivait Henry, il va se faire piquer et finir la journée à l'hôpital.

— Se faire piquer ! répéta Theresa, perplexe. De quoi parles-tu ?

— De l'essaim que Henry a dû déranger en passant la tondeuse et auquel il s'efforce d'échapper.

— Je pensais que ce type n'avait aucun talent, mais je me suis trompé, se moqua Gabriel. S'il participait au prochain championnat du monde d'athlétisme, il serait sûr de remporter une médaille en sprint.

— Tu crois que c'est le moment de plaisanter, Gabe ? maugréa Elisabeth. Le pauvre est peut-être allergique au venin des abeilles.

— J'espère que non, car nous n'allons pas pouvoir l'aider. Plus on affole ces adorables petites bêtes, plus elles deviennent dangereuses.

— Ne t'inquiète pas, Bessey, lança Abigail. Il court tellement vite qu'il va réussir à les semer.

— N'importe qui dans cette situation aurait l'air ridicule, mais pas lui, lâcha Theresa, les yeux écarquillés d'admiration. Il a une de ces classes !

— Tu parles ! s'exclama Gabriel. Quand on le voit galoper en battant l'air de ses bras comme s'il se prenait pour un avion et qu'il voulait s'envoler, on a l'impression de regarder une mauvaise comédie des années 50.

— C'est faux, protesta Elisabeth. Il a beaucoup de prestance.

— Tiens ! je croyais qu'il te laissait indifférente, ironisa Theresa.

— On peut trouver du charme à un homme sans être amoureuse de lui et sans avoir envie de le…

— L'essaim ralentit, s'écria Abigail, qui venait de chiper les jumelles à Caitlin.

— Et Henry, que fait-il ? interrogea Elisabeth.

— Il continue à courir.

— Quel athlète ! s'extasia Theresa. Moi, à sa place, il y a long-temps que je me serais écroulée de fatigue au bord du chemin.

— Il arrive, il arrive ! hurla Abigail trois secondes avant que Henry ne débouche, hors d'haleine, sur le sentier gravillonné qui encerclait le fenil.

— Vous allez bien ? lui demanda Elisabeth d'une voix teintée d'inquiétude.

— Oui, acquiesça-t-il après avoir repris son souffle. Si les organisateurs des jeux Olympiques lâchaient des milliers de guêpes ou de bourdons derrière les sprinters, le record du monde du cent mètres serait pulvérisé.

— Pourquoi les abeilles vous ont-elles attaqué ?

— Parce que j'avais mal négocié un virage et que j'avais heurté des ruches avec votre tondeuse.

— Demain matin, je téléphonerai à l'apiculteur qui me les a louées et je lui demanderai de venir les chercher. D'ici là, évitez de vous en approcher.

— Oh ! n'ayez crainte, je ne suis pas candidat au suicide.

Henry épongea son visage ruisselant de sueur à l'aide du grand mouchoir à carreaux qu'il avait tiré de la poche de son jean, puis tourna la tête vers l'entrée du fenil et salua Theresa d'un sourire.

— Bonjour, lui dit-il. Je m'appelle Henry Davenport.

— Et moi, Theresa Logan, déclara-t-elle avec un battement de cils langoureux. Je suis la meilleure amie d'Elisabeth et la baby-sitter de Caitlin, à l'occasion.

— Enchanté.

— Je savais que Bessey avait trouvé un remplaçant à Manny Gallegos, mais j'étais loin de m'imaginer que son nouveau régisseur avait autant de charme que vous.

— Merci du compliment. Il me va droit au cœur.

— Qu'est-ce qui vous a amené à Berry Patch ?

— Ma bonne étoile. Je visitais la région avec une amie quand elle a appris que Mlle Wheeler cherchait un assistant. Comme j'étais sans emploi, elle lui a suggéré de m'embaucher.

— Le hasard fait parfois bien les choses.

— Mais il lui arrive également de semer la pagaille dans la vie des gens, bougonna Gabriel en serrant de mauvais gré la main que lui tendait Henry. Je suis le frère de Theresa et le plus proche voisin de Bess.

— Vous possédez une ferme, vous aussi ?

— Non. C'est mon père qui dirige le domaine familial, pas moi.

— Que cultive-t-il ?

— Du houblon. Il vend la totalité de sa production à une brasserie du comté.

— Et vous, quel métier exercez-vous ?

— Je suis entrepreneur en bâtiment.

— Que préférez-vous ? Le neuf ou l'ancien ?

— L'ancien. Comme les gîtes ruraux et les chambres d'hôte sont à la mode, je me suis spécialisé dans la restauration des vieilles maisons.

— Gabe sait tout faire, affirma Caitlin. L'autre jour, il a même soigné Abricot.

— Ah bon ? s'étonna Henry. Il est vétérinaire à ses moments perdus ?

— « Abricot » est le nom qu'ont donné les enfants au pick-up de Manny, précisa Elisabeth en muselant le fou rire qui lui chatouillait la gorge.

— Parce que sa carrosserie est orange, je suppose ?

— On ne peut rien vous cacher.

— M. Davenport est diplômé d'Harvard, expliqua Abigail à Theresa et à Gabriel. C'est pour ça qu'il a deviné la couleur de la camionnette, acheva-t-elle en pouffant.

— Dommage qu'on m'ait enseigné la littérature anglaise du XIXᵉ siècle et pas l'apiculture, riposta-t-il sans se formaliser, car, au lieu de piquer un sprint il y a dix minutes, j'aurais essayé d'apprivoiser les abeilles. Vous croyez que, si je demandais au président de l'université de me rembourser l'argent que j'ai investi dans mes études, il accepterait de m'envoyer un chèque ?

— Séduisant comme vous l'êtes, personne n'aurait l'idée de vous refuser quoi que ce soit, déclara Theresa.

— Vous me flattez, mademoiselle Logan ! se récria Henry avec un sourire à faire fondre toute la banquise du pôle Nord.

« Ce don Juan de pacotille ne pense qu'à flirter, se dit Elisabeth, étonnée de la violente jalousie qui lui mordait le cœur. Puisqu'il se fiche pas mal de la ferme, des enfants et de moi, j'espère qu'il va se lasser d'entretenir les vergers et démissionner. »

6.

— Tu as de la veine de pouvoir te reposer, Ruff, dit Henry
au chien des Wheeler, un vieux labrador avec lequel il s'était
lié d'amitié. Moi, tout ce que j'ai fait depuis que je suis arrivé
à Berry Patch il y a six jours, c'est travailler comme un forcené
et me ridiculiser. Après avoir inondé le jardin et mis le feu dans
la cuisine, j'ai été obligé de galoper à travers champs sous les
yeux des Logan pour tenter d'échapper à un essaim d'abeilles
folles furieuses. Lorsque j'ai voulu me servir du Rotavator mardi
matin, j'ai été tellement maladroit que les lames d'acier de ce
maudit engin ont failli te réduire en bouillie. Et ne parlons pas du
soir où je suis allé nettoyer le poulailler et où j'ai laissé tomber
la demi-douzaine d'œufs que ta maîtresse m'avait demandé de
lui rapporter ! Non seulement je n'ai pas l'étoffe d'un fermier,
mais je dois être le pire ouvrier agricole du pays. Si je ne m'étais
pas engagé à remplacer Manny Gallegos jusqu'au 31 octobre
et si je n'avais pas peur de te manquer, mon pauvre Ruff, je
démissionnerais illico presto.

Henry retira ses gants poussiéreux, puis ouvrit le robinet
en laiton qui rutilait à l'entrée du fenil et se lava longuement
les mains.

— Quand je pense à la vie de bagnards que mènent les
cultivateurs de fruits de la région, enchaîna-t-il, je suis content
d'être milliardaire et de ne pas avoir à trimer cent heures par

semaine pour subvenir à mes besoins. Lorsque je partirai d'ici, je m'offrirai des vacances dans les Caraïbes et, dès que je serai de retour aux Etats-Unis, j'irai tordre le cou à cette poison de Cynthia.

— Ouah, ouah ! approuva Ruff avant de se dresser sur ses pattes percluses de rhumatismes et de frétiller de la queue.

— Calme-toi, sac à puces, ce n'est qu'une façon de parler, lui expliqua Henry. Bien que j'en veuille à Cynthia de m'avoir piégé, je ne lui ferai aucun mal. Comme je ne tiens pas à la voir triompher, je relèverai le défi qu'elle m'a lancé, quitte à y laisser ma peau, et je lui dirai que j'ai pris le même plaisir à travailler la terre qu'à lézarder au bord de ma piscine ou à…

— Bonjour ! interrompit Elisabeth en s'approchant du fenil avec une grâce nonchalante.

Vêtue d'un jean délavé qui étranglait sa taille de sylphide et d'une veste rouge assortie à la casquette de base-ball dans laquelle elle avait emprisonné ses longs cheveux dorés, elle paraissait avoir volé son éclat au soleil, dont les rayons encore timides caracolaient sur les gravillons du sentier.

— Vous n'êtes pas trop fatigué ? s'inquiéta-t-elle.

« Si, faillit lui avouer Henry. Je suis à deux doigts de m'écrouler. »

— Pas du tout ! prétendit-il courageusement. Je n'ai jamais été plus en forme que ce matin.

— Pourquoi vous êtes-vous sauvé de la maison avant d'avoir pris votre petit déjeuner ?

— Parce qu'il était tôt et que je n'avais pas faim.

— A quelle heure vous êtes-vous donc levé ?

— A 6 heures. Dès que mon réveil s'est mis à sonner, je… j'ai bondi de mon lit et je suis descendu nettoyer les stalles de l'écurie.

« En réalité, corrigea Henry au fond de lui-même, j'ai envoyé valser cet instrument de torture à l'autre bout de la chambre et je me suis rendormi. »

— Comme je ne tiens pas à ce que vous mouriez d'inanition, je vous ai apporté ceci, déclara Elisabeth en brandissant le gros morceau de gâteau enveloppé dans du papier d'aluminium qu'elle avait caché jusque-là derrière son dos.

— Qu'est-ce que c'est ?

— Un manqué à la gelée de groseilles. Je l'ai confectionné hier, pendant que vous jouiez avec Caitlin, mais les enfants n'y ont goûté que ce matin.

— Et ils l'ont trouvé bon, je suppose ?

— Tellement bon que, si je ne vous en avais pas réservé une part, ils ne vous auraient rien laissé.

— Pas étonnant qu'ils se soient régalés ! s'exclama Henry après avoir entamé le biscuit à belles dents et jeté quelques miettes à Ruff, qui jappait à ses pieds.

— Avant votre arrivée à Berry Patch, ce chien passait le plus clair de son temps à dormir au fond de la grange et ne daignait nous rendre visite qu'à l'heure des repas, dit Elisabeth, amusée de voir le labrador frotter son museau contre le jean de Henry. Depuis que vous êtes là, en revanche, il a pris l'habitude de venir chaque soir à la maison et d'y rester toute la nuit.

— La première fois qu'il m'a accompagné dans ma chambre, j'ai essayé de lui expliquer qu'il serait mieux dans le fenil, mais, comme il me regardait d'un air suppliant, je n'ai pas eu le cœur de le chasser.

— Mon père était également incapable de lui refuser quoi que ce soit. Il l'avait trouvé au bord de la route la veille de Noël et avait décidé de le ramener à la ferme.

— Ruff a dû lui être reconnaissant de l'avoir adopté ?

— Un peu trop, à mon avis. Il le suivait à la trace et ne supportait pas qu'un membre de la famille lui vole l'affection de son maître.

— Les chiens sont aussi jaloux que les êtres humains.

— Et aussi fleur bleue. Dès que Ruff vous a aperçu, il est tombé amoureux de vous.

« Dommage qu'il soit le seul dans cette maison à me témoigner de l'intérêt ! » pensa Henry en caressant des yeux les lèvres joliment renflées d'Elisabeth.

— Vous êtes prêt ? lui demanda-t-elle sans se douter des terribles efforts qu'il s'imposait pour ne pas se risquer à lui dérober un baiser.

— Prêt à quoi ? marmonna-t-il.

— A aller travailler.

— Depuis que je suis debout, je n'ai rien fait d'autre que cela.

— Je vous remercie d'avoir nettoyé l'écurie de fond en comble, mais ce n'est pas de ce genre d'activité que je vous parle.

— Quelle autre tâche rébarbative envisagez-vous de me confier ?

— J'aimerais que vous veniez dans les champs avec moi et que vous palissiez les framboisiers.

A ces mots, Henry sentit une brusque nausée lui serrer l'estomac. L'entretien des vergers était une telle corvée que, quand il aurait quitté Berry Patch, la seule vue d'une baie lui soulèverait le cœur.

Après avoir savouré sa part de gâteau jusqu'à la dernière miette pour essayer de gagner un peu de temps, il remit ses gants maculés de poussière et, de mauvaise grâce, emboîta le pas à Elisabeth.

— Ce que je vais vous demander n'est pas très difficile, dit-elle dès qu'ils eurent remonté le chemin bordé d'herbes folles qui menait aux plantations. Il vous suffira de lier les rejets de l'année à un support métallique.

— Pouvez-vous me montrer comment faire ? grommela Henry, persuadé qu'il allait une fois encore se ridiculiser.

— Volontiers, répondit la jeune femme avant de sortir une pelote de ficelle de sa poche, de saisir une touffe à pleines mains et de l'accrocher au treillis. Ces arbustes sont des hybrides très vigoureux qui nécessitent un palissage sur armature, précisa-t-elle. On doit enfoncer des piquets dans la terre à chaque extrémité du rang, puis tendre des fils de fer à quarante centimètres les uns des autres et y attacher les branches. Si on tarde trop à les discipliner, les tiges grossissent à une telle vitesse qu'il faut être deux pour les mettre en espalier.

La mine concentrée, Henry empoigna les rameaux qui s'entrelaçaient au-dessus de la plate-bande et s'efforça d'imiter Elisabeth, mais ne réussit qu'à s'égratigner la joue.

— Oh ! pardon, s'écria-t-elle en voyant perler des gouttes de sang. J'ai oublié de vous avertir que ces framboisiers étaient issus d'un croisement avec la ronce et qu'ils étaient épineux.

— Ne vous excusez pas. J'aurais pu m'en rendre compte par moi-même.

— Vous souffrez ?

— Non, rassurez-vous. Ce n'est qu'une petite éraflure de rien du tout.

— Vous devriez retourner à la maison et désinfecter votre plaie.

— Je m'en occuperai à midi.

— Comme vous voudrez.

Irrité de sa maladresse, Henry se remit au travail pour tenter de prouver à Elisabeth qu'il était capable de se débrouiller encore mieux qu'elle, mais aucune des tiges hérissées de piquants qu'il essayait d'accrocher au treillis n'avait l'air disposée à lui obéir.

— Ne bougez pas, je vais vous aider, lui dit la jeune femme avant de venir se camper derrière lui et de lui encercler la taille de ses bras tendus. Il faut que vous attrapiez les branches de cette façon, expliqua-t-elle en guidant sa main, que vous les glissiez entre les fils de fer après les avoir courbées et que vous les attachiez à l'armature.

« Si j'arrive à garder les idées claires et à suivre vos conseils, mademoiselle Wheeler, ce sera un miracle », s'abstint-il de répondre, l'esprit en ébullition. Plus rien ne lui importait subitement. Rien d'autre que ce corps souple qui se lovait contre le sien et dont il rêvait de s'emparer.

— Félicitations ! s'exclama Elisabeth dès qu'il eut réussi — Dieu seul savait comment — à palisser le premier framboisier de la rangée. On croirait que vous avez fait cela toute votre vie.

Puis, s'écartant de lui, elle empoigna les tiges du deuxième arbrisseau et les lia elle-même au treillis avec une étonnante facilité.

— Votre plaie continue à saigner ? questionna-t-elle sans s'arrêter de travailler.

— Oui, acquiesça-t-il, mais je ne vais pas mourir d'une hémorragie.

— J'espère que vous ne garderez aucune cicatrice de votre séjour à Berry Patch.

— Pourquoi ? Vous n'aimez pas les hommes au visage couturé ?

— Pas tellement.

— Certaines femmes trouvent les balafres très sexy.

— Eh bien ! pas moi. Je déteste les play-boys aux allures de pirates.

« Message reçu cinq sur cinq ! répliqua à part lui Henry. Dorénavant, quand vous me demanderez de palisser vos framboisiers, je me munirai d'un masque d'escrimeur. »

— Après la semaine épuisante qu'il vient de passer, comment se fait-il qu'il n'ait pas encore démissionné ? maugréa Elisabeth en enfournant la tarte aux myrtilles qu'elle avait préparée au début de la soirée.

Si, au lieu de tenir le rôle qu'elle lui avait assigné, Henry s'était découragé au premier obstacle, elle aurait pu l'inciter à chercher un autre emploi et garder le chèque que lui avait donné Cynthia Sterling. Seulement voilà ! Quelles que soient la difficulté des tâches qu'elle lui confiait et l'incurable maladresse dont il souffrait, il se cramponnait à son poste de régisseur tel un naufragé à sa bouée et n'avait pas l'air de vouloir lâcher prise.

« Je devrais le licencier pour incompétence et lui conseiller d'aller vivre chez ses amis, se dit Elisabeth avant de jeter des lamelles de piment rouge et une pincée d'origan au fond de la marmite qu'elle avait posée sur l'un des brûleurs de la cuisinière. Non, impossible ! se rappela-t-elle avec un soupir à réveiller les morts. Cynthia m'a expliqué qu'il préférerait se suicider plutôt que de lui demander la charité et qu'il avait besoin de… »

Tirée de sa méditation par un crissement de pneus, Elisabeth écarta le rideau de macramé qui habillait la fenêtre de la cuisine et regarda Henry descendre du 4x4 qu'elle lui avait prêté.

— Même fatigué, même couvert de poussière, il ressemble à un prince de conte de fées, murmura-t-elle à la vue de ses bottes terreuses, de son jean tailladé et de sa chemise en lambeaux.

— Vous ne trouvez pas que le coucher de soleil est splendide ce soir ? lui demanda-t-il en la rejoignant, Ruff sur ses talons.

— Désolée, je… je n'ai pas eu le temps de l'admirer, bredouilla Elisabeth. Avez-vous fini de palisser les framboisiers ?

— Oui. J'ai craint un moment de ne pas pouvoir terminer avant la tombée de la nuit, mais il ne m'a fallu que trois quarts d'heure pour attacher les branches de la dernière rangée.

— Formidable ! Je n'aurais pas cru que vous en viendriez à bout aussi rapidement.

— C'est grâce à vos conseils que j'y suis arrivé. Sans vous, j'aurais perdu ma journée.

— Lorsque je suis rentrée du Berry Bistrot, j'ai cherché Ruff partout. Où était-il ?

— Dans le verger. Il a passé l'après-midi avec moi et m'a été d'un grand secours.

— Qu'a-t-il fait d'extraordinaire ?

— Il a tenu ma pelote de ficelle et m'a servi de dévidoir.

Fier qu'on parle de lui, le labrador se frotta contre la jambe bottée de cuir havane de son nouvel ami et lui lécha les doigts.

— Vous vous êtes blessé ? s'inquiéta Elisabeth en voyant Henry esquisser une grimace de douleur.

— Non, la détrompa-t-il. Mon excès de zèle m'a simplement valu quelques ampoules.

— Pourquoi ne vous êtes-vous pas arrêté de travailler dès que vous avez aperçu les premières cloques ?

— Parce que vous m'aviez dit qu'il était urgent de palisser les framboisiers et que j'ai voulu m'acquitter de cette tâche le plus vite possible.

— Histoire de m'épater ?

— Et de gagner votre estime. J'avais fait tellement de bêtises au cours de la semaine que j'ai éprouvé le besoin de me racheter. Désormais, je suivrai à la lettre toutes les instructions que vous me donnerez et j'essaierai de mériter la confiance que vous m'avez accordée le jour où vous m'avez engagé.

« Si je le flanquais à la porte après ce qu'il vient de me promettre, je serais un monstre d'insensibilité », pensa Elisabeth, à la fois heureuse et agacée de ne pas pouvoir jeter Henry sur le pavé.

— Approchez-vous de l'évier, je vais vous soigner, marmonna-t-elle avant d'ouvrir le robinet et de l'aider à se laver les mains.

— Vous avez de jolis doigts, observa-t-il dans un sourire.

90

— Les vôtres ne sont pas mal non plus, lâcha-t-elle, le cœur battant à se briser. On voit que vous n'êtes pas habitué à travailler la terre.

— Pourquoi dites-vous cela ?

— Parce que vous n'avez aucune callosité, contrairement à tous les fermiers que je connais.

— Quand je quitterai Berry Patch, j'en aurai peut-être autant qu'eux.

— J'en doute. Vous êtes un citadin jusqu'au bout des ongles et, même si vous passiez des semaines à biner les plates-bandes du jardin, vous ne pourriez pas faire illusion.

Impatiente de se dérober au regard mi amusé, mi enjôleur que lui avait valu sa riposte, Elisabeth sortit un flacon de Mercurochrome de sa trousse à pharmacie, puis badigeonna les cinq grosses ampoules qui déparaient les mains aristocratiques de Henry.

— Soyez plus prudent à l'avenir, lui intima-t-elle après avoir collé des sparadraps au creux de ses paumes pour empêcher les plaies de s'infecter. Dès que vous éprouverez une sensation de brûlure, cessez le travail et attendez que la douleur s'estompe.

— J'essaierai de suivre vos conseils, répliqua-t-il, mais, comme je ne suis pas quelqu'un de très raisonnable, il n'est pas certain que j'y arrive.

— Votre insouciance doit vous attirer de graves ennuis.

— Au contraire ! Elle me permet de relever des défis et de réaliser mes rêves.

— Aujourd'hui, elle ne vous a été d'aucune utilité.

— Si ! Grâce à elle, j'ai eu le plaisir de me faire soigner par vous, chuchota Henry.

Se retournant vers Elisabeth, il l'attira dans ses bras et s'empara avec fougue de ses lèvres, sans qu'elle esquisse un geste pour l'en empêcher.

Le corps et l'esprit enfiévrés, elle savoura le souffle chaud qui se mêlait au sien avec le sentiment que la vie alentour s'était arrêtée. Les grillons qui avaient passé l'après-midi à striduler au pied de la véranda ne chantaient plus qu'en sourdine. Les grenouilles avaient interrompu leur sérénade au bord de l'étang et, de crainte qu'une rafale trop violente ne brisât le sortilège, le vent lui-même s'était tu.

« Ces quatre dernières années, j'ai été une grande sœur, une fermière, une serveuse et une maman de substitution, pensa Elisabeth dans un sursaut de conscience lumineuse, tandis que le baiser se faisait plus profond, enivrante promesse d'autres voluptés. Mais ce soir, je suis une femme, rien qu'une femme, et je sais enfin où est mon bonheur. »

— Veuillez me pardonner, dit Henry d'une voix saccadée en desserrant son étreinte. Je… je n'aurais pas dû vous embrasser.

— Inutile de vous excuser ! répliqua-t-elle dès que l'insupportable sentiment de frustration qui l'oppressait se fut atténué. Si j'avais trouvé votre attitude choquante, je vous aurais giflé.

— Ce n'est pas parce que vous vous êtes laissé faire que j'ai eu raison de me conduire comme un soudard. Je suis votre employé et il y a certaines limites que je n'ai pas le droit de franchir.

— Aucune loi n'interdit à un salarié de mêler plaisir et travail.

— Il n'en reste pas moins que j'ai abusé de votre gentillesse et que je mériterais d'être licencié pour faute grave.

— Vous racontez n'importe quoi, murmura Elisabeth.

Puis, incapable de résister au dangereux vent de folie qui lui brouillait les idées, elle se haussa sur la pointe des pieds et colla sa bouche à celle de Henry.

— Maintenant, nous sommes quittes, ajouta-t-elle après lui avoir donné le plus torride des baisers.

7.

— Il n'y a pas de théâtre ni de musée à Berry Patch, expliqua Abigail à Henry lorsqu'ils descendirent en ville le lendemain matin avec Sam et Caitlin.

— Que font les habitants quand ils veulent voir du monde ? demanda-t-il en traversant le seul et unique passage clouté de l'agglomération.

— Ils vont à l'église, à la mairie, au drive-in ou au snack-bar. Le dimanche, après la messe, on peut goûter aux crêpes de Mme Logan et parler à plein de gens, mais le reste de la semaine, les fermiers n'ont pas le temps de venir bavarder.

— Sur combien de kilomètres carrés s'étend la commune ?

— Une cinquantaine. Si vous quittez la nationale à la sortie de Berry Patch et que vous prenez la direction de Dundee, vous n'apercevrez que des vignobles à flanc de colline. Certains domaines datent du XVIIIᵉ siècle et les vins qu'ils produisent sont de très bonne qualité. Le jour où vous partirez, il faudra que vous en achetiez une bouteille pour montrer à vos amis de Portland ce qu'on est capable de faire dans la région.

— Merci du conseil, Abby. Tu es le meilleur guide que je connaisse et je ne manquerai pas de...

— Où elle est, Bessey ? coupa Caitlin d'un air inquiet.

— Chez M. Jackson, répondit Abigail. Il lui a demandé de passer le voir ce matin.

— Il croit qu'à force de l'inviter elle finira par lui vendre nos vergers, grommela Sam, mais, moi, je suis sûr qu'elle refusera.

— Pourquoi a-t-elle accepté de le rencontrer si elle ne tient pas à lui céder ses terres ? s'étonna Henry.

— Parce qu'elle est trop gentille et que, quand il téléphone à la maison, elle n'ose pas lui raccrocher au nez, expliqua Abigail.

— Peut-être qu'elle est amoureuse de lui et qu'ils vont se marier, tous les deux, lança Caitlin.

Elisabeth, amoureuse d'un fermier de Berry Patch ?… Les mots de la fillette plantés dans le cœur comme des flèches empoisonnées, Henry remonta la grand-rue au pas de charge et entraîna les enfants vers le jardin public.

— Que pense ta sœur de M. Jackson ? demanda-t-il à Abigail du ton d'un policier interrogeant un témoin.

— Que c'est un casse-pieds, répondit la fillette sans hésiter.

— Personne n'aime ce vieux radin, déclara Sam en martelant de ses bottes la pelouse du square.

— Vieux ! releva Henry d'une voix pleine d'espoir. Quel âge a-t-il ?

— Plus de cinquante ans.

— Il est veuf, célibataire ou divorcé ?

— Célibataire. Il a tellement de défauts qu'aucune femme n'a voulu vivre avec lui.

« Si Elisabeth était une amie de longue date et qu'elle assistait à mes petites fêtes du 1er avril, songea Henry, je lui chercherais un gentil mari qui s'y connaisse en agriculture, qui soit un travailleur infatigable et qui ait l'esprit de famille… Tout le contraire de moi, en somme. »

— Ce matin, annonça Abigail, Mary Showalter organise une opération vide-grenier.

— Chouette ! s'écria Caitlin. On y va.

— Tu crois qu'on a de l'argent à gaspiller ? maugréa Sam.

— Où habite-t-elle, cette dame ? questionna Henry après avoir essayé vainement d'analyser l'indicible tristesse qui l'avait envahi à l'idée qu'Elisabeth puisse un jour épouser un homme très différent de lui.

— De l'autre côté du parc, répondit Abigail en lui prenant la main pour le guider vers une grande maison à la façade couverte de vigne vierge autour de laquelle s'entassaient une foule d'objets hétéroclites.

— Vous voulez bien m'acheter cette poupée ? glissa Caitlin à Henry en serrant sur son cœur une vieille Barbie dénudée dont les bras et les jambes étaient maculés d'encre bleue.

— Tu la trouves si jolie que cela ? s'étonna-t-il.

— Oh ! oui. Je l'appellerai Fleur et elle dormira avec moi dans le lit de Bessey.

— Va demander son prix à Mme Showalter et je te l'offrirai, c'est promis.

— Merci, m'sieu Davenport, s'écria la fillette, les joues roses d'excitation.

— Vous avez vu cette balancelle ? demanda Abigail à Henry dès que Caitlin se fut éloignée d'une démarche sautillante. Quand j'étais petite, il y en avait une pareille à la ferme. Je m'asseyais dessus tous les soirs et j'attendais que papa rentre à la maison.

— Qu'est-elle devenue ?

— Elle s'est cassée l'année où mes parents sont montés au ciel et Bessey a été très triste de devoir la porter à la décharge.

— Tu crois que celle-là pourrait la remplacer ?

— Oui, affirma impétueusement Abigail.

— Ça m'étonnerait qu'elle plaise à Bessey, bougonna Sam en empoignant l'une des cassettes vidéo empilées au bas du perron. Elle est trop moche.

— Nous n'aurons qu'à la repeindre et elle sera comme neuve, rétorqua Henry.

— Vous vous êtes déjà servi d'un pinceau ? lui demanda l'adolescent, l'air sceptique.

— Non, mais j'apprendrai.

— Pourquoi est-ce que vous voulez faire un cadeau à Bessey ?

— Parce que j'ai envie de la voir sourire.

Une vieille dame vêtue d'une longue robe à fleurs et coiffée d'un bandana jaune citron d'où s'échappaient des boucles argentées s'approcha de Henry en tenant Caitlin par la main.

— Vous avez besoin d'un renseignement, monsieur ? interrogea-t-elle.

— Oui, répondit-il. J'aimerais savoir combien coûte cette balancelle.

— Il n'y a rien d'autre que vous désiriez acheter ?

— Si. J'ai promis à Caitlin de lui offrir la poupée qu'elle serre dans ses bras et Sam a l'air de trouver très intéressante la cassette qu'il vient de dénicher. Quant à Abby, je suis sûr qu'elle serait ravie de choisir un livre parmi ceux que j'aperçois là-bas.

— Donnez-moi trente dollars et vous pourrez emporter le tout.

Henry, qui ne regardait jamais les étiquettes lorsqu'il courait les magasins, se rappela brusquement que Cynthia lui avait confisqué ses cartes de crédit une semaine auparavant et qu'il n'avait donc plus les moyens de jouer les grands seigneurs.

— Quinze dollars, jeta-t-il, prêt à marchander jusqu'à midi pour ne pas décevoir les enfants.

— Vingt-cinq, proposa à son tour la vieille dame.

— Vingt. Et je vous paie cash.

Mary Showalter hésita quelques secondes, le front plissé,

puis esquissa un sourire et tapa dans la main que lui tendait Henry.

— Adjugé, vendu, jeune homme ! s'exclama-t-elle en prenant le billet qu'il avait sorti de sa poche. Vous êtes drôlement coriace en affaires.

— Oh ! regardez, Gabe est là, lui aussi, s'écria Sam, l'index pointé vers la grosse brouette remplie d'objets disparates que poussait Gabriel Logan.

— Vous avez acheté une balancelle ? demanda ce dernier à Henry en les rejoignant.

— Oui. Abby m'a dit qu'il y en avait une autrefois à la ferme et qu'Elisabeth avait été triste de devoir s'en séparer. Alors, j'ai pensé que celle-là pourrait la remplacer.

— Si vous ne tenez pas à ce que les enfants tombent quand ils s'assiéront dessus, il faudra que vous la remettiez en état. Vous avez des notions de menuiserie ?

— Absolument aucune, avoua Henry en regrettant de ne pas avoir suivi les cours de bricolage que diffusait l'une des nombreuses chaînes câblées auxquelles il était abonné.

— Souhaitez-vous que je me charge des réparations ? lui proposa Gabriel.

— C'est très gentil à vous de m'offrir votre aide, mais je ne voudrais pas abuser de votre temps.

— Vous n'en abuserez pas, au contraire ! Pour que ma petite Bess chérie soit heureuse, je serais prêt à tous les sacrifices.

« Le voilà, l'homme idéal que devrait épouser Elisabeth ! se dit Henry tout en glissant un œil vers l'annulaire gauche de Gabriel afin de vérifier s'il n'était pas déjà marié. Il est né dans une ferme de Berry Patch, sait restaurer des maisons mieux que personne et a l'air de beaucoup aimer Sam, Abby et Caitlin. Comment se fait-il, alors, que je n'aie pas envie de jouer les entremetteurs ? »

— Qui peut bien écouter de la musique à minuit passé ? maugréa Henry le surlendemain, lorsque des coups de cymbales et des ronflements de violoncelles montèrent jusqu'à lui.

Depuis son arrivée chez les Wheeler, aucun des enfants ne s'était servi de la vieille chaîne stéréo qui somnolait au fond du living-room ni de la radiocassette que Theresa Logan leur avait offerte à Noël.

Croyant qu'Abigail s'était découvert des goûts de mélomane pendant la soirée, Henry sauta à bas de son lit en prenant soin de ne pas réveiller Ruff et quitta sa chambre. Après avoir réussi à traverser le corridor sans arracher une seule plainte aux lames du parquet, il descendit l'escalier avec des gestes de cambrioleur habitué à étouffer ses pas et s'immobilisa au centre du hall, les yeux agrandis de stupéfaction.

Vêtue d'un négligé de dentelle azurée qui, loin de masquer ses formes, mettait délicieusement en valeur sa féminité, les paupières mi-closes et les cheveux dénoués, Elisabeth pinçait les cordes d'une harpe imaginaire et battait la mesure de ses pieds nus.

« A quoi songe-t-elle ? » se demanda Henry, gêné de violer ainsi son intimité, mais trop fasciné par la grâce irréelle qui émanait de toute sa personne pour détourner la tête et remonter se coucher.

Lorsque les dernières notes de la sonate s'égrenèrent dans le silence de la nuit, elle ouvrit grands les yeux et, apercevant Henry par la porte entrebâillée du living-room, se pétrifia sur le canapé.

— Vous ne dormez pas ? demanda-t-elle, les pommettes cramoisies.

— Non, répondit-il. Comme je n'arrivais pas à fermer l'œil et que j'ai entendu de la musique, je suis descendu au rez-de-chaussée.

— Oh ! pardonnez-moi. J'aurais dû me douter que le bruit des cymbales vous empêcherait de trouver le sommeil et que…

— Vous n'avez rien à vous reprocher. Je suis ravi d'avoir pu vous regarder jouer.

— Je ne jouais pas, je faisais juste semblant.

— J'ignorais que vous étiez une artiste.

— Pas une artiste, non, une simple musicienne autrefois, mais je ne le suis plus.

— A quel âge avez-vous débuté ?

— A six ans et demi. Ma mère venait de mourir d'un cancer du sein et Anthea O'Brien, une vieille dame qui avait pitié de moi, a demandé à mon père l'autorisation de m'enseigner le solfège.

— Jusqu'à quand avez-vous pris des cours ?

— Jusqu'à ce que je parte étudier à Portland. La suite de l'histoire, vous la connaissez déjà.

— Pourquoi avez-vous abandonné la musique après votre retour à Berry Patch ?

— Parce que j'avais d'autres priorités, vous le savez très bien.

— Il n'y avait aucun orchestre dans la région ?

— Non. Les habitants du comté ne sont pas des mélomanes avertis. Ils n'aiment que les chansons folkloriques et les airs à la mode.

— Qu'avez-vous fait de votre harpe ?

— Je l'ai vendue il y a deux ans, lorsque notre tracteur est tombé en panne juste avant la récolte et que mon 4x4 a eu besoin d'une révision.

— Vous séparer de votre instrument a dû être un crève-cœur ?

— Pas du tout ! Ce n'est pas comme si j'avais été concertiste de métier. A l'époque où Mme O'Brien me donnait des cours de solfège, j'espérais devenir célèbre, mais il ne s'agissait que d'une utopie. Aujourd'hui, j'ai le domaine à diriger et une famille à nourrir. Je ne peux donc pas me permettre de rêvasser.

— Au lieu de vous sacrifier, vous devriez céder la ferme à ce M. Jackson chez qui vous vous êtes rendue samedi matin et aller vivre à…

— Certainement pas ! Les Wheeler habitent dans cette maison depuis des générations et je ne tiens pas à couper les enfants de leurs racines après les avoir privés de ce qu'ils avaient de plus cher au monde : leurs parents.

— Vous ne m'avez pas dit qu'ils avaient été victimes d'un accident de la route ?

— Si, acquiesça Elisabeth en se levant du canapé, les yeux noyés de larmes. Ils se sont tués sur la R.N. 18 il y a quatre ans.

— C'était vous qui conduisiez ?

— Non.

— Alors, pourquoi vous croyez-vous responsable de leur décès ?

— Parce que, sans moi, ils seraient restés à Berry Patch et qu'il ne leur serait rien arrivé.

— Vous voulez bien me raconter ce qui s'est passé ?

— Comme mon père et ma belle-mère étaient très fatigués depuis la naissance de Caitlin, je leur ai conseillé d'aller se reposer au bord de l'océan pendant que je m'occuperais de mon frère et de mes sœurs.

— Voyez plutôt les choses autrement, Elisabeth. Imaginons que vous ne leur ayez pas proposé votre aide. Ils auraient peut-être décidé de s'offrir des vacances malgré tout et d'emmener les enfants, ce qui aurait été encore plus dramatique.

— Je vous remercie de votre sollicitude, mais vous n'avez pas la moindre idée de ce que j'éprouve.

— Si, car j'ai vécu la même chose que vous. Le dimanche où mes parents ont disparu, je devais les rejoindre à l'aéroport.

100

Seulement, j'avais la gueule de bois ce matin-là et je leur ai téléphoné pour leur dire que je prendrais un autre vol. Quand ils m'ont répondu qu'ils préféraient différer leur départ de quelques heures et m'attendre, je les ai convaincus de sauter dans l'avion parce que je n'avais pas envie de voyager en leur compagnie et de les écouter me faire la morale.

— Vous n'étiez pas en bons termes avec eux ?

— Pas vraiment. Ils me reprochaient sans cesse d'être un noceur et de n'avoir aucune ambition. Après leur décès, je m'en suis terriblement voulu de les avoir incités, par égoïsme, à embarquer.

— Comment avez-vous réussi à surmonter votre chagrin ?

— En sombrant dans la débauche. Si Brett Matthews, Cynthia Sterling et Cade Waters ne m'avaient pas sauvé du naufrage et aidé à retrouver le sourire, je ne sais pas ce que je serais devenu.

— Vous avez de la chance d'avoir de tels amis. Moi, j'étais sur le point de me marier quand mon père et ma belle-mère se sont tués, mais mon fiancé n'a pas compris ce que j'éprouvais et m'a tourné le dos.

— Quel imbécile !

— C'est exactement ce que pense Theresa.

— Lui avez-vous avoué que vous vous sentiez responsable de l'accident qui avait privé votre frère et vos sœurs de leurs parents ?

— Oui.

— Et que vous a-t-elle dit ?

— Que je n'avais aucun reproche à me faire.

— Ah ! vous voyez bien que vous avez tort de culpabiliser. Au lieu de laisser les remords vous gâcher la vie, vous devriez employer la méthode Coué et vous répéter à longueur de journée que personne n'est à blâmer dans cette triste histoire.

— Cela m'étonnerait que j'arrive à m'en convaincre, mais je vous promets d'essayer.

Elisabeth sortit un mouchoir de la poche de son négligé et tamponna ses yeux humides.

— Excusez-moi, murmura-t-elle. Je sais que les hommes détestent les pleurnicheuses.

— Vous vous trompez, déclara Henry avant de pénétrer dans le living-room et de lui encercler les épaules d'un bras amical. Une bonne crise de larmes est parfois plus efficace qu'une séance de psychothérapie et ne coûte rien.

— Merci de m'avoir remonté le moral, dit-elle, rassérénée. Comment avez-vous fait pour trouver les mots justes ?

— Je me suis fié à mon intuition, répondit-il sans céder à la brusque envie qui lui venait de pencher la tête et de cueillir sur les lèvres tentatrices de la jeune femme le baiser voluptueux dont il rêvait.

8.

— Minou, minou ! criait Caitlin, à l'heure du dîner. Viens manger !

Etonnée que son ami à quatre pattes reste tapi dans le fenil et dédaigne la grosse gamelle remplie de croquettes qu'elle avait posée au pied de la véranda, elle se tourna vers Henry et lui demanda de sa voix haut perchée :

— Pourquoi est-ce qu'il m'obéit pas, ce vilain ?

— Parce qu'il aimerait que tu lui donnes un vrai nom.

— Il en a déjà un. C'est « minou ».

— Tous les enfants appellent leur chat « minou ». Il va donc falloir que tu te creuses les méninges et que tu trouves quelque chose de plus original.

— Vous voulez bien m'aider ?

— Avec plaisir, princesse. Que dirais-tu de le baptiser « Ritz » ?

— Comme les crackers préférés de Bessey ?

— Ou comme les splendides hôtels que fréquentent les milliardaires.

Le regard brillant d'excitation, Caitlin grimpa sur la première marche du perron et cria à tue-tête :

— Viens manger les bonnes croquettes que Bessey t'a achetées, Ritz !

Aussitôt, le matou sortit du fenil à la vitesse de l'éclair et accourut vers la fillette.

— Vous avez vu ? lança-t-elle à Henry. Cette fois, il m'a obéi.

— Pas étonnant ! Les animaux adorent qu'on s'intéresse à eux et qu'on les chouchoute.

— En leur donnant un joli nom ?

— Par exemple.

— Ritz et Ruff sont contents que vous habitiez chez nous et moi aussi, je suis très contente parce que je vous aime beaucoup. Vous savez ce que je voudrais, m'sieu Davenport ?

— Non.

— Que vous soyez mon papa. Toutes les princesses que je connais en ont un.

— Sauf Cendrillon.

— C'est vrai, mais je préférerais ressembler à Jasmine ou à la Belle au bois dormant. A l'école, les autres filles disent que je suis pas comme elles à cause de l'accident qui a envoyé mes parents au ciel.

— Et cela te rend triste de ne pas pouvoir mener exactement la même vie que tes copines ?

— Très triste. Quand je suis dans la cour de récré et que leur maman vient les chercher, je vais me cacher sous le préau pour pleurer.

Emu de voir s'embuer les grands yeux bleus de Caitlin, Henry réfléchit quelques secondes en silence, puis s'assit sur la première marche du perron et lui encercla affectueusement les poignets.

— Que penserais-tu si, au lieu d'essayer de remplacer le merveilleux papa que tu as eu, je te proposais d'être ton bon génie ?

— A quoi ça sert, un bon génie ? demanda-t-elle en séchant ses larmes.

104

— Comme dans Aladin, à combler de cadeaux les petits garçons et les petites filles qui ont du chagrin et à leur redonner le sourire.

— C'est déjà ce que vous faites. Samedi, chez Mme Showalter, vous m'avez acheté une poupée et, hier soir, vous m'avez aidée à colorier mon cahier.

— A partir d'aujourd'hui, je m'occuperai encore mieux de toi.

— Et vous continuerez à m'appeler « princesse » ?

— Evidemment.

— Youpi ! s'écria Caitlin, rose de plaisir. Je vais avoir une gentille marraine comme Cendrillon.

— Un gentil parrain, plutôt, rectifia Henry.

— Jamais je n'aurais cru que les enfants s'attacheraient aussi vite à un étranger, murmura Elisabeth en s'arrêtant au bas du perron le lendemain après-midi.

Depuis que Henry habitait à la ferme, Caitlin lui vouait une véritable adoration. Epoustouflée par le diplôme prestigieux qu'il avait obtenu à Harvard, Abigail le consultait à tout propos et, malgré la franche hostilité avec laquelle il l'avait accueilli le premier samedi d'octobre, Sam lui-même semblait conquis.

— Si je ne veux pas suivre leur exemple et être triste à mourir le jour où Henry quittera Berry Patch, j'ai intérêt à me méfier de ce beau parleur et à garder mes distances, maugréa Elisabeth avant de descendre de sa jeep et de claquer la portière.

— Vous avez déjà fini votre travail ? s'étonna une voix dans son dos.

— Non, répondit-elle en pirouettant sur ses talons et en saluant Henry d'un bref signe de tête. Je rentre juste pour un moment. L'une de mes collègues a attrapé la grippe et, comme Mme Alexander n'avait personne d'autre sous la main, elle m'a demandé de la remplacer. Dès que j'aurai préparé le dîner et mis la table, il faudra que je retourne au snack-bar.

— La soirée va vous paraître longue.

— Ne vous inquiétez pas, il m'arrive souvent de faire des heures supplémentaires.

— Voulez-vous que j'aille chercher les petits à l'école et que je m'occupe d'eux jusqu'à ce que vous rentriez à la maison ?

— Vous êtes gentil de me proposer votre aide, mais Theresa m'a dit qu'elle passerait prendre Caitlin à la maternelle et qu'elle irait ensuite récupérer Sam et Abby.

— La prochaine fois que vous aurez besoin d'une nounou, ne la dérangez pas. Je serai ravi de surveiller les enfants.

— Ah ! c'est vrai. J'oubliais que vous aviez une certaine expérience du baby-sitting.

— Quand Brett et Laurel Matthews me confient Noëlle, ils partent l'esprit tranquille, en sachant qu'elle est en sécurité avec moi. Alors, si vous avez envie de vous amuser ce week-end, ne vous privez pas.

— Comme je vous l'ai expliqué à votre arrivée, je n'ai pas l'habitude de sortir le soir. Theresa a bien essayé de m'emmener au bal ces dernières années, mais aucun des cavaliers qu'elle m'a présentés ne m'a plu. Et de toute façon, j'ai horreur qu'on me force la main.

— Vous ne trouvez pas normal que votre meilleure amie veuille vous aider à dénicher l'oiseau rare ?

— Non. Je lui ai dit et redit que le célibat me convenait parfaitement.

— Le jour où vous rencontrerez l'homme idéal, vous changerez d'avis.

— C'est peu probable. Je ne crois pas au mythe du prince charmant.

« Sauf quand je vous regarde », ajouta en elle-même Elisabeth.

106

— A défaut de chercher l'âme sœur, lança Henry, vous pour-riez aller au cinéma et au restaurant avec Theresa.

— C'est vrai qu'il y a une éternité que nous ne nous sommes pas vues pour une soirée entre filles.

— Raison de plus pour rattraper le temps perdu. Vous travaillez tellement dur à longueur d'année que vous avez bien mérité de vous offrir une petite escapade loin de la ferme et des enfants.

— Vous vous sentez capable de tenir tête à ces trois terreurs pendant toute une soirée ?

— Sans problème. Depuis que je suis ici, j'ai constaté que Caitlin se met au lit de bonne heure et que, dès qu'elle rentre de l'école, Abby se plonge dans ses livres de classe ou dans les magazines scientifiques auxquels vous l'avez abonnée. Je ne devrais donc pas avoir trop de mal à les surveiller, l'une et l'autre. Quant à Sam, je trouverai un moyen de l'occuper. S'il n'y a pas d'émission intéressante à la télé, nous regarderons la cassette qu'il a achetée chez Mme Showalter samedi dernier ou nous jouerons à des jeux vidéo. J'ai rangé sa chambre hier et j'ai vu qu'il possédait une vieille console.

« Pourquoi ne pas accepter ? se demanda Elisabeth en extirpant du coffre de sa voiture le pack de jus de fruit et les boîtes de céréales qu'elle avait achetés à l'épicerie. Henry s'entend bien avec les enfants et, à moins qu'il ne s'avise de faire la cuisine, la maison ne risque pas de brûler. »

— D'accord, décida-t-elle. Je vais téléphoner à Theresa dès que j'aurai préparé le dîner et je lui demanderai de venir me chercher demain soir. Comme je termine mon travail plus tôt que d'habitude le vendredi, je ne serai pas trop fatiguée et je pourrai profiter de la soirée.

— Moi qui avais peur que vous n'hésitiez pendant des semaines avant de vous décider à prendre du bon temps, répliqua Henry, je suis rassuré.

Puis, un sourire éblouissant aux lèvres, il déchargea Elisabeth de son fardeau et gravit deux à deux les marches du perron.

« Quelle idiote j'ai été ! se gourmanda-t-elle, étrangement déçue. Je croyais que je lui plaisais et que le seul moyen de le tenir à distance serait de l'accabler de travail jusqu'au retour de Manny, mais je me suis trompée. S'il tient tant que ça à ce que je sorte sans lui, c'est qu'il a déjà oublié les baisers que nous avons échangés, ou, en tout cas, qu'ils n'avaient pas d'importance pour lui. »

— Même si toutes les fées de Walt Disney m'avaient prêté leurs baguettes magiques, je n'aurais pas pu mieux me débrouiller, murmura Henry le lendemain soir en pensant aux emplettes que sa première paie lui avait permis de faire au cours de la matinée.

Pour voir s'allumer des étoiles dans les yeux de Sam, d'Abigail et de Caitlin, il était allé louer un pack de jeux au vidéoclub de Berry Patch et avait acheté à l'épicerie une boîte de cookies, des bouteilles de soda et de quoi confectionner des cornets de glace.

Impatient de jouer avec les enfants, il écouta carillonner l'horloge du living-room. Puis un bruit de pas lui fit lever la tête vers le haut de l'escalier et il se figea, muet d'admiration.

— Comment me trouvez-vous ? lui demanda Elisabeth en descendant les marches.

— Très belle, répondit-il dès qu'il eut recouvré l'usage de la parole.

Belle, la jeune femme l'était effectivement au-delà de toute expression. Vêtue d'une courte robe tunique bleu pastel dont les pans de satin chatoyant épousaient étroitement ses formes et dénudaient ses longues jambes gainées de soie claire, sa lourde chevelure blond cendré nouée en une épaisse queue-de-cheval que retenait un catogan de taffetas indigo, elle semblait s'être échappée des pages d'un magazine de mode.

— Vous vous êtes maquillée, observa Henry, fasciné.

— Oui, acquiesça-t-elle. Je me suis mis du rouge à lèvres et un peu de blush sur les joues. Vous pensez que j'ai eu la main lourde ?

— Au contraire ! Je vous trouve ravissante. Si vous vous promenez dans les rues de Berry Patch, tous les hommes que vous croiserez se jetteront à vos pieds.

— Merci. Vous êtes trop gentil.

— J'espère que vous allez bien vous amuser, votre amie et vous.

— Oh ! j'ai oublié de vous prévenir que Theresa ne pourrait pas m'accompagner. Quand je lui ai téléphoné hier, elle m'a dit qu'elle ne serait pas libre ce soir et m'a conseillé de sortir avec quelqu'un d'autre.

— Ah bon ? s'étonna Henry juste avant qu'une rafale de coups de sonnette ne lui vrille les tympans.

Curieux de voir à quoi ressemblait celui ou celle qui osait martyriser le carillon, il se rua vers la porte du vestibule, ouvrit le battant de chêne à la volée… et faillit aussitôt le refermer.

Coiffé d'un Stetson de cuir fauve qui lui donnait l'air d'un cow-boy, un bouquet de roses rouges à la main, Gabriel Logan s'impatientait en haut du perron.

— Yaouh ! hurla Sam. J'ai encore gagné.

Henry reposa sa manette sur la table du living-room et, les yeux rivés au cadran de l'horloge, applaudit à tout rompre la septième victoire de l'adolescent.

— Ça fait cinq fois en dix minutes que vous regardez l'heure, lui reprocha ce dernier. Vous êtes pressé de monter vous coucher ?

— Non. Je me demandais ce que pouvait bien fabriquer ta sœur. Elle a quitté la maison depuis un bon bout de temps déjà et, comme il n'y a aucune boîte de nuit à Berry Patch, je trouve bizarre qu'elle ne soit pas rentrée.

— Qu'est-ce que vous voulez qu'il lui arrive ? Gabe est avec elle.

— C'est justement ce qui m'inquiète, rétorqua Henry, malade de jalousie.

A en croire ce que lui avaient raconté l'épicier et le gérant du vidéoclub, Gabriel Logan était un coureur de jupons invétéré qui ne s'embarrassait pas de scrupules et dont la principale ambition était d'attirer dans son lit toutes les jolies filles du comté.

— On fait une partie de snowboard ? jeta Sam d'une voix pleine d'entrain.

— D'accord, approuva Henry, impatient d'échapper à la ronde infernale de ses pensées. Mais je te préviens : je ne connais pas les règles du jeu.

— Dès que les concurrents se seront élancés, vous n'aurez qu'à regarder la piste de ski et à manœuvrer la manette pour éviter les bosses. Il n'y a rien de plus facile.

— Alors, accroche-toi, mon grand, car tu vas recevoir la raclée de ta vie.

— Ça m'étonnerait. Vous êtes presque aussi nul que Caitlin.

— Attends que je te montre mes talents de slalomeur et on verra lequel de nous deux méritera d'être sacré champion de Berry Patch, grommela Henry avant d'empoigner sa manette et de la brandir comme s'il s'était agi d'un pistolet.

— Vous êtes encore debout ? s'étonna Elisabeth quand elle pénétra dans le vestibule à minuit passé et qu'elle se heurta à Henry. Qu'est-ce que vous fabriquiez derrière la porte ?

« J'avais l'œil collé au judas et je vous surveillais, Gabriel et vous, répondit-il en son for intérieur. Dès que ce tombeur s'est garé en bas du perron, je me suis précipité vers le hall et, s'il avait eu le toupet de vous embrasser au clair de lune, je lui aurais flanqué une bonne correction. »

— Je m'apprêtais à aller promener Ritz, lâcha-t-il avec une feinte désinvolture.

— Vous promenez souvent les chats, vous ? De plus, vous n'avez pas remarqué qu'il y avait une chatière dans la cuisine ?

— Non. Je ne suis pas très observateur.

— Où sont les enfants ?

— Au lit. Caitlin s'est endormie sur le canapé à la fin du journal télévisé et je suis monté la coucher. Lorsque je suis redescendu au rez-de-chaussée, Abby était en train de lire un traité de géométrie et, comme elle n'arrêtait pas de bâiller, je l'ai expédiée dans sa chambre. Quant à Sam, il est resté avec moi jusqu'à minuit moins le quart et nous avons joué à des jeux vidéo.

— Qui a gagné ?

— Lui. A force de manœuvrer cette fichue manette, j'ai failli me déboîter le poignet. Et vous, avez-vous passé une bonne soirée ?

— Très bonne, je vous remercie.

— Où Gabriel vous a-t-il emmenée ?

— A Dundee. Nous avons dîné dans une petite auberge à la sortie de la ville et, ensuite, nous sommes allés écouter un groupe de rock à Springbrook.

— Le concert vous a plu ?

— Enormément.

— Combien de personnes y avait-il dans la salle ?

— Je ne sais pas. Je ne regardais que les musiciens… et Gabe.

La pause infime qu'avait marquée Elisabeth avant de prononcer les derniers mots et le ton lourd de sous-entendus qu'elle avait employé ravivèrent les craintes de Henry.

— Pendant que vous étiez à Springbrook, dit-il entre ses dents, Gabriel vous a-t-il embrassée ?

— Oui, avoua-t-elle le plus naturellement du monde. C'est quelqu'un de très démonstratif.

— Et d'opportuniste, à ce qu'on dirait.

— Vous le trouvez antipathique ?

— Pas du tout ! Je suis heureux que vous ayez passé une agréable soirée en sa compagnie.

— Et moi, je vous suis reconnaissante de m'avoir incitée à sortir. Grâce à vous, j'ai pu me changer les idées et établir certaines comparaisons.

Vive comme l'éclair, Elisabeth se dressa sur la pointe des pieds, puis donna à Henry un doux, un long, un merveilleux baiser au goût de vin et de chocolat.

— C'est bien ce qu'il me semblait, murmura-t-elle quand, à regret, elle abandonna ses lèvres. Votre technique est meilleure que celle de Gabe.

— Ma technique ! répéta-t-il, la tête cotonneuse. De quoi parlez-vous ?

— De votre façon d'embrasser, répliqua-t-elle. Vous êtes un expert.

Et, après lui avoir souhaité une bonne nuit, elle s'élança vers l'escalier.

9.

« Quelle journée ! » se lamenta Elisabeth le lendemain. Après avoir passé une partie de la nuit à revivre le baiser fougueux qu'elle avait échangé avec Henry, elle avait eu une matinée mouvementée au Berry Bistrot puis, lorsqu'elle s'était mise au volant de son 4x4 pour rentrer chez elle, le véhicule avait refusé de démarrer et elle avait dû demander à Theresa de venir la chercher.

— Heureusement que ton frère a accepté de remorquer ma voiture et qu'il s'y connaît en mécanique, dit-elle à son amie, car je n'aurais pas eu les moyens d'appeler un garagiste.

— J'espère que Gabe va pouvoir ressusciter ta guimbarde encore une fois, riposta Theresa avant de s'engager sur la petite route cahoteuse qui menait à la Wheeler Berry Farm. Mais, comme elle a déjà vingt-trois ans, il serait peut-être temps que tu songes à en changer.

« Ce dont j'ai le plus besoin, ce n'est pas d'une jeep neuve, c'est d'une bonne psychothérapie, songea Elisabeth. Si je n'étais pas folle à lier, l'idée d'embrasser Henry et de comparer sa performance à celle de Gabe ne m'aurait même pas effleurée. »

— Il y a tellement de choses qui ne tournent pas rond dans ma vie, dit-elle avec lassitude, qu'il faudrait donner un grand coup de balai et tout remplacer.

— Tu envisages de licencier Henry et d'embaucher un nouveau régisseur ? questionna Theresa.

— Non. Il a fait d'énormes progrès depuis ta dernière visite. Cette semaine, il a réussi à traiter les framboisiers sans nous asphyxier et à enfoncer des pieux dans la terre sans s'écraser les doigts avec son marteau.

— J'ai de la peine à croire qu'un homme aussi raffiné que lui se soit métamorphosé en ouvrier modèle au point de ne plus commettre la moindre erreur.

— Oh ! il en commet encore, rassure-toi. Avant-hier, par exemple, je lui ai demandé de m'apporter un poulet et il s'est imaginé qu'il allait devoir décimer la basse-cour. En jetant un œil par la fenêtre de la cuisine, je l'ai vu laisser tomber la hache qu'il tenait à la main et caresser le pauvre volatile qu'il avait failli décapiter. Quand je lui ai montré la viande que j'avais stockée dans mon congélateur, il a poussé un tel ouf de soulagement que je m'en suis voulu de ne pas lui avoir mieux expliqué ce que j'attendais de lui.

— Sa réaction n'a rien d'étonnant. C'est un type formidable qui préférerait se briser les deux jambes que de tuer un animal.

— Qu'est-ce qui te fait dire qu'il est formidable ?

— Ton attitude. Depuis qu'il est arrivé à Berry Patch, tu es sur un petit nuage.

— Si tu crois que je suis sensible à son charme, tu te trompes.

— Pourquoi rougis-tu, alors ?

— Parce que j'ai chaud.

— Au lieu de me raconter des histoires, tu devrais regarder la vérité en face et admettre que tu as enfin trouvé le grand amour.

— Tu lis trop de romans, Theresa. Dans la réalité, le grand amour n'existe pas.

— Patiente encore un peu et tu changeras de disque.

— Le jour où ton frère est venu me livrer des bottes de foin, tu n'as pas arrêté de flirter avec Henry et, maintenant, tu me pousses dans ses bras ?

— Si j'étais persuadée qu'il n'y a rien de sérieux entre lui et toi, je tenterais ma chance, mais, comme tu as l'air mordue, je m'en voudrais de marcher sur tes plates-bandes.

Un petit sourire énigmatique au coin des lèvres, Theresa contourna le hangar aux tôles rouillées, puis remonta l'allée gravillonnée qui menait au fenil et rangea son break derrière le pick-up de Gabriel.

— Descends vite, Bessey ! hurla Caitlin en jaillissant de la grange. On a quelque chose à te faire voir.

— Qui cela, « on » ? demanda Elisabeth après avoir quitté son siège.

— Ferme les yeux et pose pas de questions, lui intima la fillette avant de la prendre par le poignet et de l'entraîner vers la maison.

— Obéis-lui, Bessey, conseilla Abigail. Tu sais bien qu'elle adore jouer à colin-maillard.

— N'ayez crainte, je vous suis, chuchota Henry à l'oreille d'Elisabeth.

Les paupières closes, elle se laissa guider le long du chemin hérissé d'herbes folles qui sinuait entre les arbustes du jardin, puis sentit des cailloux rouler sous ses pieds et dut se cramponner au tronc rugueux d'un gros chêne pour ne pas tomber.

— Ça y est ! s'écria Caitlin quelques secondes plus tard. On est arrivés.

— Tu peux regarder maintenant, dit Abigail à Elisabeth.

Intriguée par les rires qui fusaient dans son dos, la jeune femme ouvrit les yeux et se crut victime d'une hallucination. Suspendue aux poutres de la véranda, une balancelle de bois blanc oscillait doucement entre deux bacs d'argile où s'épanouissaient des azalées.

— C'est magnifique, murmura-t-elle, une fois revenue de sa stupeur.

— M. Davenport a acheté le siège chez Mme Showalter samedi dernier, expliqua Abigail. Gabe l'a réparé cette semaine. Sam, Caitlin et moi avons repeint les montants pendant que tu étais au Berry Bistrot et Theresa nous a donné les jardinières.

Emue aux larmes, Elisabeth gravit une à une les marches du perron, puis caressa du bout des doigts l'étoffe duveteuse des coussins et tourna vers Henry un regard étincelant de gratitude.

— C'est très gentil à vous de m'avoir offert ce superbe cadeau, lui dit-elle, mais vous n'auriez pas dû dépenser le peu d'argent que vous possédiez.

— Après l'accueil chaleureux que vous m'aviez réservé, il était normal que je vous remercie, répondit-il en la rejoignant sous la véranda et en l'aidant à s'asseoir.

Les yeux rivés à un petit rouge-gorge qui voletait au-dessus du jardin, Elisabeth se laissa bercer par le va-et-vient régulier de la balancelle et sentit une douce torpeur l'envahir. « Si Henry restait à la ferme jusqu'à la fin de ses jours, songea-t-elle, ma vie serait un vrai conte de fées. »

« Pourquoi froncent-ils tous le nez ? » s'étonna Henry lorsqu'il pénétra dans la cuisine à l'heure du dîner et que les enfants se mirent à grimacer.

— Tu en fais, une tête ! jeta-t-il à Sam avant de s'attabler entre Abigail et lui. Que se passe-t-il ?

— Vous voyez cette cocotte là-bas ? répliqua l'adolescent, un doigt pointé vers la marmite en fonte dont Elisabeth était en train de soulever le couvercle.

— Oui. Qu'y a-t-il dedans ?

— Du foie de veau avec des carottes, du céleri et des petits oignons.

— Berk ! s'exclama Caitlin. Je veux pas en manger.

— Moi non plus, déclara Abigail.

— Ça sent trop mauvais, se plaignit Sam, les narines pincées.

— Au lieu de ronchonner, vous devriez penser aux pauvres gens qui ont à peine de quoi subsister et qui seraient ravis de partager notre repas, s'indigna Elisabeth en sortant une grosse louche de son vaisselier et en remplissant les cinq assiettes qu'elle avait posées sur la nappe.

— J'aimerais mieux mourir de faim que d'avaler cette mixture, lança Abigail. L'autre jour, j'ai lu dans un magazine qu'on pouvait jeûner pendant trois ou quatre semaines d'affilée, à condition de ne pas faire trop d'efforts et de boire suffisamment d'eau.

— Vous a-t-on déjà servi ce genre de plat ? demanda Elisabeth à Henry.

— Non, personne n'en a encore eu l'idée, répondit-il poliment. De qui tenez-vous la recette ?

— De ma belle-mère. Elle prétendait qu'il n'y avait rien de meilleur pour la santé que le foie de veau aux légumes parce que c'était un mets riche en vitamine A, en fer et en potassium.

— Quand maman nous en préparait, bougonna Sam, je trouvais ça dégoûtant.

— Mange et tais-toi, lui intima sa sœur avant de s'installer à côté de lui et de planter vaillamment sa fourchette dans un morceau de viande carbonisé.

— Même Ruff, il en voudrait pas, jeta Caitlin d'une voix plaintive.

— Bien sûr que si ! s'exclama Elisabeth. Il se lécherait les babines.

— Pourquoi ne pas l'inviter à venir partager notre festin ? proposa Henry en espérant que le labrador viderait toutes les assiettes et empêcherait les enfants de s'intoxiquer.

Puis, à l'adresse d'Abigail, il ajouta :

— Nous pourrions faire une expérience comme celles qui sont décrites dans tes revues scientifiques et en tirer certaines conclusions.

— Oh ! oui, acquiesça la fillette. On verrait qui a tort : Bessey ou nous.

— Imaginons que ta sœur accepte de se prêter à notre petit jeu. Quelle sera notre hypothèse de départ ?

— Que Ruff refusera de goûter au foie de veau parce que c'est immangeable et qu'il a le palais délicat.

— M'autorisez-vous à appeler ce sac à puces ? demanda Henry à Elisabeth.

— Mais comment donc ! ironisa-t-elle en lâchant sa fourchette et en relevant le menton d'un air de défi.

Encouragé par les cris de joie que poussait Caitlin, Henry frappa dans ses mains jusqu'à ce que le chien daigne quitter le tapis où il somnolait et s'approche de la table.

— Tiens, mon vieux ! lui dit Henry avant d'empoigner son assiette et de la poser à ses pieds. Montre-nous que tu es un gastronome.

Au lieu de se jeter sur les morceaux de viande et de les engloutir en trois coups de langue, Ruff les renifla longuement pour faire durer le suspense et donna ensuite libre cours à son bel appétit.

— Ah, zut ! maugréa Abigail. On s'est trompés.

— Qu'aurions-nous dû prouver ? lui demanda Henry, amusé par la gloutonnerie du labrador.

— Que le foie de veau de Bessey était infect.

— Et quelle est la conclusion de notre expérience ?

— Que Ruff n'est pas un fin gourmet puisqu'il l'a mangé.

— Bravo, Abby ! s'exclama Sam. Tu t'en es bien tirée.

— Drôlement bien, renchérit Caitlin.

— Comme Ruff est le seul à apprécier ma cuisine ce soir, dit Elisabeth avec un petit soupir résigné, je vais lui confier nos assiettes et vous emmener dîner au Burger Basket.

— Hourra ! s'écrièrent en chœur les enfants. On a gagné.

— Qu'est-ce que le Burger Basket ? s'informa Henry.

— Une cafétéria qui se trouve sur la route de Dundee, à une dizaine de kilomètres de Berry Patch, répondit Elisabeth. Gabe m'a dit qu'il avait réparé mon 4x4 et j'aimerais voir si le moteur n'a vraiment plus de ratés.

— Je pourrai prendre un milk-shake au chocolat et un banana split, Bessey ? demanda Caitlin.

— Non, il faudra que tu choisisses entre l'un et l'autre, répondit sa sœur, parce que je n'aurai pas les moyens de t'offrir les deux.

— Etant donné que c'est moi qui ai poussé Ruff à manger notre foie de veau et nos légumes, intervint Henry, je réglerai l'addition.

— Rien ne vous y oblige, lui rappela la jeune femme.

— Je le sais, mais cela me fait plaisir de vous inviter.

— Pour vous remercier, je vous prêterai ma balancelle dès que nous serons rentrés et vous aurez le droit d'admirer les étoiles jusqu'à minuit.

— Mon rêve !

« Cette soirée est la meilleure que j'aie passée depuis des années », songea Elisabeth en s'accoudant à la rambarde de la véranda trois heures plus tard.

Sam, Abigail et Caitlin s'étaient amusés comme des fous au Burger Basket et, de retour à la maison, Henry avait dû jouer aux devinettes avec eux avant qu'ils ne consentent à se mettre au lit.

— Je vous aime très fort, m'sieu Davenport, s'était écriée Caitlin quand il était monté la border.

— Moi aussi, avait déclaré Abigail.

— Pour un citadin, vous n'êtes pas trop mal, avait reconnu Sam.

Ce qui, dans sa bouche, était un compliment dithyrambique.

Regrettant de ne pas avoir osé mêler sa voix à celle des enfants, Elisabeth était redescendue au rez-de-chaussée à la suite de Henry et l'avait regardé s'éloigner en direction des vergers.

— Vous avez fait une bonne promenade ? lui demanda-t-elle lorsqu'il réapparut à l'angle du fenil.

— Oui, répondit-il en gravissant les marches du perron. Ruff m'a entraîné du côté des plantations et j'ai vu la lune se lever au-dessus des framboisiers.

— Je sais que je vous avais promis de vous prêter ma balancelle et de vous laisser admirer les étoiles en paix, mais, puisqu'il y a de la place pour deux, m'autorisez-vous à vous tenir compagnie ?

— Volontiers.

Dès qu'Elisabeth se fut assise au milieu des coussins, Henry s'installa à l'autre extrémité du siège et croisa ses mains sur ses genoux comme s'il avait peur de la toucher par inadvertance.

— Grâce à vous, dit-elle, déçue de ne pas pouvoir se blottir contre lui, j'ai passé une soirée fantastique.

— Ce n'est pas moi qu'il faut remercier, ce sont Sam, Abby et Caitlin. Ils se sont démenés toute la semaine et ont harcelé votre amie Theresa jusqu'à ce qu'elle accepte de leur donner ses azalées.

— Ils ne sont pas les seuls à mériter ma gratitude. Si vous ne les aviez pas emmenés chez Mme Showalter samedi dernier et si vous n'aviez pas eu l'idée de m'offrir une balancelle, ils n'auraient pas songé à décorer la véranda.

— Le résultat vous plaît ?

— Enormément. Depuis que je suis rentrée du Berry Bistrot, j'ai l'impression de rêver.

— Qu'aimeriez-vous faire pour clore cette belle journée ?

— Ecouter un peu de musique et danser.

— Voulez-vous que j'aille chercher la radiocassette des enfants ?

— Non. Je préférerais que vous me chantiez votre chanson favorite.

— Quelle chanson ?

— Celle que vous fredonnez chaque matin sous la douche.

— Je ne savais pas que vous m'entendiez.

— Caitlin vous trouve un talent fou. Dès que vous pénétrez dans la salle de bains, elle colle son oreille à la porte et essaie de vous imiter.

— Vous croyez qu'elle est déjà endormie ?

— J'en doute. Elle était tellement excitée quand vous êtes monté la border qu'elle a dû sauter de son lit dès que nous avons quitté la chambre et se planter derrière la fenêtre pour nous observer.

— Puisque vous avez toutes les deux envie d'une sérénade, j'aurais tort de ne pas m'exécuter, murmura Henry en se levant de la balancelle et en inclinant solennellement le buste. M'accordez-vous cette danse, mademoiselle Wheeler ? ajouta-t-il avant d'offrir son bras à Elisabeth, de l'aider à descendre les marches du perron et de l'entraîner vers le cercle argenté que dessinait un rayon de lune au milieu de la cour.

Avec une infinie délicatesse, comme si elle avait été en porcelaine et qu'il avait craint de la briser, il l'enlaça et se mit à fredonner les paroles de *What a Wonderful World*. « J'aimerais que cette nuit dure une éternité, pensa-t-elle, les paupières baissées et le cœur battant la chamade. Malgré ce que j'ai dit à Theresa, le prince charmant existe peut-être ailleurs que dans les contes de fées. »

— J'espère que, de là-haut, Louis Armstrong me pardonnera d'avoir massacré son chef-d'œuvre, lui glissa Henry à l'oreille.

— Pourquoi devrait-il vous pardonner ? répliqua-t-elle en rouvrant les yeux. Vous chantez merveilleusement bien.

— Non, c'est vous qui êtes merveilleuse… Vous et vous seule.

Ivre de bonheur, Elisabeth leva la tête et vit une étoile filante souligner la lune d'une virgule argentée. Elle voulut faire un vœu, mais la météorite s'éteignit avant qu'elle n'ait eu le temps de le formuler.

— Il est tard, dit Henry après avoir relâché son étreinte. Si vous ne tenez pas à manquer la messe demain matin, il vaut mieux que nous rentrions.

« Que croyais-tu, idiote ? se reprocha-t-elle, brutalement dégrisée. Qu'il allait mettre un genou à terre comme un preux chevalier et te demander de l'épouser ? »

10.

— Quel temps de chien ! maugréa Henry quand il sortit du fenil le samedi suivant.

Au début de la matinée, de gros nuages teintés de suie s'étaient amoncelés à l'horizon puis, poussés par le vent, avaient rasé les toits de Berry Patch et étaient venus se liquéfier au-dessus des vergers, transformant les plates-bandes en cloaques.

Après avoir enfilé à la hâte le vieux ciré jaune qu'il avait trouvé dans la grange, Henry rabattit la capuche sur son front et rejoignit Elisabeth au bord de la rivière tumultueuse qui traversait le domaine.

— Il va falloir que vous m'aidiez à ranger le matériel d'irrigation, lui dit-elle. J'aurais dû demander à Manny de le faire avant son départ, mais j'ai complètement oublié.

— Pourquoi est-il si urgent de s'en occuper ?

— Parce que je n'aimerais pas être obligée de remplacer la pompe aspirante. Vous voyez les câbles électriques là-bas ? S'il continue à pleuvoir, le niveau de l'eau se mettra à monter et le moteur sera fichu.

— Vous n'en avez pas assez de cette vie de forçat que vous menez et des difficultés financières contre lesquelles vous vous débattez à longueur d'année ? Vous avez beau travailler d'arrache-pied du matin au soir, vous êtes toujours sur la corde raide.

— C'est le métier qui veut ça. Aucun des producteurs de fruits de la région n'est à l'abri d'un coup dur. Il suffit qu'une averse de grêle détruise une partie de nos arbres, que la coopérative qui achète nos baies tarde à nous régler, qu'une machine hors de prix tombe en panne pendant la récolte ou que des importations massives déséquilibrent le marché pour que nous risquions la faillite.

— Il ne vous arrive jamais de baisser les bras et de songer à vendre la ferme ?

— Non. Même quand je suis fatiguée, je n'ai pas le droit de céder au découragement parce que les enfants comptent sur moi. Ils sont nés ici et, tant que je vivrai, personne ne pourra les chasser de leur maison.

Une lueur farouche au fond des yeux, Elisabeth extirpa une paire de cuissardes d'un gros sac en caoutchouc et les lança à Henry.

— Vous sentez-vous de taille à affronter les éléments déchaînés ? lui demanda-t-elle avec une pointe d'humour.

— Oui, affirma-t-il en chaussant les bottes. Comme je suis moins habile que vous au volant d'un tracteur, il vaut mieux que vous restiez sur la berge et que vous conduisiez votre John Deere pendant que j'irai crapahuter dans les flots.

— Ne vous sous-estimez pas. Vous avez fait d'énormes progrès ces trois dernières semaines.

— Si j'ai réussi à palisser et à traiter vos framboisiers, c'est grâce aux nombreux conseils que vous m'avez donnés. Vous avez été un très bon professeur.

— Et vous, un excellent élève.

— Merci.

Après avoir repoussé derrière ses oreilles les mèches humides que le vent plaquait sur ses joues, Elisabeth sortit un tournevis de la poche de son imperméable et le tendit à Henry.

— Une fois que vous serez à pied d'œuvre, lui dit-elle, servez-vous de cet outil pour ouvrir le clapet de la pompe et vidangez le tuyau du mieux que vous pourrez. Moins il restera d'eau à l'intérieur du flexible, plus il sera léger et facile à tirer.

— D'accord.

— Vous n'avez aucune question à me poser ?

— Non. Vous avez été très claire.

— Dépêchez-vous de vous mettre au travail et soyez prudent. A cette époque de l'année, le courant est très dangereux et, si vous n'y prenez pas garde, il risque de vous entraîner.

— Ne craignez rien, je ferai attention à ne pas perdre l'équilibre.

Le tournevis entre ses dents, Henry pénétra dans le lit de la rivière à pas mesurés puis, luttant contre les remous, il se dirigea lentement vers le gros tube noir qui affleurait au milieu des rochers et s'y cramponna pour ne pas tomber. Dès qu'il eut réussi, non sans peine, à ouvrir la soupape, une gerbe d'eau tiède et nauséabonde jaillit de la conduite et lui éclaboussa le visage.

— Quelle puanteur ! marmonna-t-il. La prochaine fois qu'on m'enverra patauger dans de la vase, j'enfilerai une tenue de scaphandrier.

— Vous n'êtes pas blessé ? s'inquiéta Elisabeth, les mains en porte-voix.

— Non, répondit-il. Mission accomplie !

Après avoir attaché l'extrémité du tuyau à l'arrière de son John Deere, elle se hissa sur le siège à la seule force de ses poignets et fit vrombir le moteur, mais, entraîné par le poids du flexible mal vidangé, le tracteur patina et faillit se renverser.

— Remettez les gaz, hurla Henry en essayant de décoller le clapet de la pompe, qui s'était refermé sous l'effet de la pression. Remettez les gaz ou vous allez chavirer.

Consciente du grave danger qui la menaçait, Elisabeth enfonça la pédale d'accélérateur et, dans un rugissement de tous les diables, le tracteur parvint à remonter le sentier boueux qui menait aux plantations.

— Vous avez réussi ! Vous avez réussi ! s'écria Henry avant de se précipiter hors de l'eau dans un élan d'enthousiasme et de la rejoindre au sommet du raidillon.

— Non, *nous* avons réussi, rectifia-t-elle dès qu'elle eut coupé le contact et sauté à terre. Merci de m'avoir aidée, vous avez été formidable.

— Pas tant que vous. A un moment donné, j'ai cru que vous n'arriveriez jamais à sortir le tuyau de la rivière et à gravir le talus.

— Vous avez eu peur que je sois éjectée de mon siège et que je me noie sous vos yeux ?

— Plus peur encore que vous ne l'imaginez.

Elisabeth s'approcha de Henry jusqu'à ce que leurs visages se frôlent et leva sur lui un regard scintillant de joie. Pendant de longues minutes, ils restèrent ainsi, bouche contre bouche, cœur contre cœur, alors que le tonnerre vociférait au-dessus de leurs têtes, que le vent fouettait les branches des vieux chênes qui bordaient le cours d'eau et que des éclairs striaient le ciel de balafres argentées. Puis, comme si ce baiser avait été inscrit dans leur histoire, ils s'étreignirent à en perdre le souffle et s'abandonnèrent sans retenue à cet étrange magnétisme qui les poussait l'un vers l'autre et auquel ils n'avaient ni la force ni l'envie de résister.

— Je parie que la maison est en désordre et que je vais devoir passer des heures à ranger, maugréa Elisabeth à son retour du Berry Bistrot le surlendemain.

Rompue de fatigue, elle aurait aimé se mettre au lit dès la fin du dîner, mais c'était un luxe qu'elle ne pouvait s'offrir qu'une ou deux fois par an.

Après avoir gravi les marches du perron et longé le vestibule, elle ouvrit la porte de la cuisine et faillit se frotter les yeux pour vérifier qu'elle n'était pas le jouet d'une illusion. Ordinairement encombré d'assiettes sales et parsemé de miettes de pain, le plan de travail avait été lavé avec méticulosité et les torchons en lin suspendus à gauche de l'évier semblaient tout droit sortis d'une blanchisserie. Sur une petite pancarte rose fuchsia que Sam, Abigail et Caitlin avaient posée au centre de la table, à côté d'une tranche de gâteau enrobé de sucre candi, s'étalait en lettres de feu l'inscription suivante : « Bienvenue à la maison, Bessey ! »

Persuadée qu'aucun des enfants n'avait eu le courage de nettoyer les autres pièces du sol au plafond, Elisabeth accrocha à une patère le duffel-coat qu'elle avait enfilé par-dessus son uniforme de serveuse, puis gagna le living-room à grandes enjambées et se figea dans l'embrasure de la porte, les yeux écarquillés d'incrédulité. Les animaux en peluche, les crayons de couleur, les magazines et les cassettes vidéo qui jonchaient d'habitude le parquet avaient été soigneusement empilés sur une étagère du buffet.

— Salut, Bessey ! lança Sam avec un large sourire.

— Tu ne regardes pas la télé ? lui demanda sa sœur, étonnée de cet accueil.

— Non. Il faut que je finisse de lire le roman de Ray Bradbury que je suis allé chercher à la bibliothèque.

— Qui t'a emmené là-bas ?

— M. Davenport. Il m'a dit que ses parents lui avaient offert *Fahrenheit 451* quand il avait mon âge et qu'il avait trouvé le livre très intéressant. Alors, j'ai eu envie de voir de quoi ça parlait.

— Si tes profs t'entendaient, ils n'en reviendraient pas. La dernière fois que je les ai rencontrés, ils se sont plaints de ton allergie à la lecture et m'ont reproché de te laisser jouer à des jeux vidéo au lieu de t'obliger à étudier.

— A partir de maintenant, j'apprendrai mes leçons tous les soirs et je n'aurai que des bonnes notes à l'école, comme Abby.

— Où est-elle ?

— En haut, avec Caitlin. Dès qu'on est rentrés à la maison, on a organisé une petite fête et on s'est bien amusés.

— C'est Henry qui vous a demandé de nettoyer la cuisine et de ranger vos affaires ?

— Oui. J'espère qu'il va rester à Berry Patch après le retour de Manny et qu'il continuera à s'occuper de nous.

« Moi aussi, je l'espère », répondit silencieusement Elisabeth avant de quitter le living-room et de monter au premier étage.

Voyant que la porte de sa chambre était grande ouverte, elle traversa le corridor à pas de loup et jeta un œil à l'intérieur de la pièce. Allongées sous les festons de valenciennes du baldaquin, Abigail et Caitlin levaient un regard émerveillé sur Henry, qui était assis à l'autre bout du matelas, un livre entre les mains.

— « Le prince emmena la princesse dans son château au sommet de la colline, lisait-il, la mine absorbée, puis ils vécurent heureux et eurent beaucoup d'enfants. »

— Fin ! s'écria Caitlin en applaudissant.

— Bonne nuit, mon trésor, lui lança Henry.

— Bonne nuit, gentil parrain, répliqua-t-elle gaiement.

« Pourquoi a-t-il prétendu un jour qu'il n'avait pas la fibre paternelle ? se demanda Elisabeth. Cela fait trois semaines seulement qu'il habite à la maison et Caitlin l'aime autant que s'il était son papa. »

— Viens, ordonna-t-il à Abigail. Nous allons descendre au rez-de-chaussée et nous entraîner à réciter par cœur les noms des capitales de tous les pays.

— Je les connais déjà, protesta la fillette. Mme Monroe, mon institutrice, m'a dit ce matin que j'étais très douée en géographie.

— Mais, moi, j'ai encore des lacunes dans ce domaine et je suis impatient de les combler.

— Qu'est-ce que vous voulez savoir ?

— Un tas de choses qu'on m'a enseignées à l'école autrefois et que j'ai oubliées avec le temps. Il faudrait que tu me les rappelles et que tu m'aides à les mémoriser.

— Très bien, on y va, décida Abigail avant de se mettre debout et de tirer Henry par le bras.

— Ah ! vous étiez là ? s'étonna-t-il lorsqu'il quitta la chambre d'Elisabeth et qu'il aperçut la jeune femme dans le couloir.

— Oui, murmura-t-elle, gênée d'avoir été surprise en flagrant délit d'espionnage. Je suis rentrée du Berry Bistrot il y a une dizaine de minutes et j'ai failli ne pas reconnaître la cuisine.

— C'est M. Davenport qui nous a demandé de la nettoyer, avoua Abigail. Il nous a dit que, quand tu aurais fini ton travail, tu serais fatiguée et que tu n'aurais pas envie de faire le ménage.

— Il ne s'est pas trompé.

— Avant ton arrivée, on a organisé une petite fête comme dans *Alice au pays des merveilles* et on s'est servi du minifour que tu m'avais acheté à Noël.

— Pour éviter tout risque d'incendie, déclara malicieusement Henry, j'avais conseillé à Sam d'aller chercher l'extincteur et de ne pas me quitter des yeux jusqu'à ce que j'aie retiré de la plaque le gâteau au sucre candi que nous avions confectionné.

— Sage précaution ! approuva Elisabeth, hilare. Personne n'a appelé pendant que vous vous efforciez de réprimer vos instincts de pyromane ?

— Si. Manny Gallegos a téléphoné d'Hermosillo.

— Que vous a-t-il dit ?

— Que sa mère était guérie et qu'il serait de retour à Berry Patch lundi prochain.

— Ah ! murmura Elisabeth, partagée entre la tristesse et le soulagement.

Dans une semaine, Manny reviendrait à la ferme et s'occuperait des plantations avec le sérieux qui le caractérisait, mais, dès qu'il aurait repris son poste, Henry partirait et tous les rêves de bonheur éternel qu'elle avait caressés s'envoleraient.

« Plus que quatre jours, songeait Henry tout en sirotant son café le jeudi suivant et en regardant Elisabeth empiler des assiettes au fond de son évier. Plus que quatre jours et je retrouverai mes bonnes vieilles habitudes de célibataire endurci. »

Le week-end où il était arrivé à la Wheeler Berry Farm, il aurait donné dix ans de sa vie pour pouvoir regagner Portland et continuer à dilapider les millions de dollars que lui avaient légués ses parents, mais, maintenant que son contrat de travail allait expirer, il se sentait curieusement désemparé à l'idée de devoir bientôt quitter la région.

Depuis le coup de fil de Manny, Elisabeth, quant à elle, s'était renfermée en elle-même et avait perdu son joli sourire. « Si vous saviez qui je suis, avait envie de lui dire Henry chaque fois qu'il surprenait une lueur de tristesse dans ses grands yeux bleus, vous seriez impatiente de vous débarrasser de moi. »

— Voulez-vous que je vous aide à laver la vaisselle ? demanda-t-il à la jeune femme juste avant que le téléphone accroché au-dessus de l'égouttoir ne se mette à sonner.

Elisabeth retira ses gants de caoutchouc et empoigna le récepteur.

— Allô ! Elisabeth Wheeler à l'appareil. Qu'y a-t-il pour votre service ?

La voyant blêmir, Henry vida d'un trait sa tasse de café et bondit de son siège.

— Quelqu'un a eu un accident ? lui demanda-t-il dès qu'elle eut reposé le combiné.

— Oui, acquiesça-t-elle, les lèvres tremblantes. C'est M. Winslow, le directeur de l'école maternelle, qui vient de m'appeler. Caitlin est tombée d'un toboggan pendant la récréation et s'est blessée à la tête. Comme elle était inconsciente, les secouristes l'ont transportée d'urgence à l'hôpital du comté.

— Je vais vous emmener là-bas, décréta Henry en entraînant Elisabeth vers la jeep qu'elle avait garée au pied du perron.

« Si je tenais la surveillante qui a laissé une gamine de quatre ans faire des acrobaties à deux mètres du sol, je lui passerais un tel savon qu'elle regretterait d'avoir choisi ce métier », fulmina-t-il en démarrant dans un nuage de poussière.

— Je vous remercie d'avoir pris le volant, murmura Elisabeth lorsqu'ils arrivèrent à proximité de Yamhill. Dans l'état où je suis, je n'aurais pas eu la force de conduire.

— Que vous a dit M. Winslow exactement ?

— Que Caitlin avait essayé d'enjamber le rebord du toboggan au lieu de glisser le long de la rampe et qu'elle avait perdu l'équilibre. J'aurais dû me douter qu'il finirait par lui arriver un accident. Depuis qu'elle est en âge de marcher, elle adore grimper aux arbres et elle n'a aucune notion du danger. La première fois que je l'ai emmenée à la maternelle, elle a été fascinée par l'aire de jeux. Si je lui avais expliqué ce jour-là qu'il fallait avoir peur du vide, elle aurait été moins imprudente et ne se serait pas…

— Arrêtez de culpabiliser ! Quand bien même vous l'auriez avertie des risques qu'elle courait, cela ne l'aurait pas empêchée de n'en faire qu'à sa tête. Tous les enfants se croient invincibles et prennent un malin plaisir à enfreindre les ordres que leur donnent les adultes.

— Vous avez raison, mais je suis tellement inquiète que je ne sais plus qui est responsable de quoi. Imaginez que Caitlin ne se réveille pas ou qu'elle garde des séquelles de sa chute. Ce serait terrible.

— Au lieu d'envisager le pire, allons parler aux médecins, dit Henry d'un ton apaisant avant de se faufiler entre les voitures qui encombraient le parking de l'hôpital, de sauter à bas de son siège et de guider Elisabeth vers le service des urgences.

11.

Quand Elisabeth franchit les portes coulissantes de l'hô-pital, elle se revit pénétrant dans le hall d'accueil avec Sam et Abigail le soir du décès de leurs parents et sentit des larmes lui piquer les yeux.

— Bonjour, madame, dit-elle à la secrétaire aux cheveux grisonnants qui pianotait sur le clavier d'un ordinateur à l'entrée de la salle d'attente. Pourriez-vous me renseigner ?

— Volontiers, rétorqua son interlocutrice en levant la tête. C'est à quel sujet ?

— Au sujet d'une petite fille de quatre ans qu'on vous a amenée de Berry Patch il y a une heure environ.

— Comment s'appelle-t-elle ?

— Caitlin Wheeler. Elle est tombée dans la cour de son école pendant la récréation.

— Caitlin Wheeler, répéta l'employée, l'air pensif. Oui, je crois savoir qui s'est occupé d'elle. Ne bougez pas, je vais aller demander au responsable du service de traumatologie de venir vous parler.

— Si Caitlin n'était pas au plus mal, murmura Elisabeth, trem-blante, dès que la secrétaire se fut éloignée, on m'aurait donné le numéro de sa chambre au lieu de m'inviter à patienter.

— Attendez de connaître l'avis des spécialistes avant de vous alarmer.

— Le week-end où mon père et ma belle-mère se sont tués, on m'a réservé le même accueil que ce matin.

— Cela ne veut rien dire. Quel que soit l'état des blessés qui sont amenés aux urgences, le personnel administratif de l'hôpital doit avoir la consigne de ne fournir aux familles aucun renseignement d'ordre…

— Bonjour, je suis le Dr Luke Terrence, coupa un jeune médecin tout de blanc vêtu. Vous êtes les parents de Caitlin Wheeler ?

— Non, je suis sa sœur aînée et sa tutrice, jeta Elisabeth d'une voix que l'angoisse altérait. Comment va-t-elle ?

— Il est encore trop tôt pour en juger. Quand elle est tombée du toboggan, elle a reçu un choc au niveau de l'occiput et s'est évanouie.

— Elle n'est pas revenue à elle depuis ?

— Si. Lorsque je l'ai examinée, elle a ouvert les yeux et s'est plainte d'avoir mal à la tête, mais elle a reperdu connaissance quelques minutes plus tard. Les radios montrent qu'elle souffre d'une fracture du crâne et d'un saignement épidural.

— Mon Dieu ! Qu'allez-vous lui faire ?

— L'expédier à l'hôpital de Portland où l'attendront un neurochirurgien et une équipe spécialisée. Etant donné la gravité de ses blessures, j'ai pris sur moi d'appeler le pilote de l'hélicoptère sanitaire avant votre arrivée et je lui ai demandé de se tenir prêt à décoller.

— Vous avez eu raison. Faites tout ce qui est en votre pouvoir, je vous en prie, pour que Caitlin se rétablisse dans les meilleurs délais et qu'elle ne garde aucune séquelle de son accident.

— N'ayez crainte, les traumatologistes qui s'occuperont d'elle sont parmi les meilleurs du pays.

— J'aimerais la voir. Est-ce possible ?

— Naturellement ! Comme j'ai encore deux ou trois points de détail à régler avec mes confrères de Portland, vous pourrez rester à son chevet jusqu'à ce que les conditions de son transfert soient fixées.

Dévorée d'angoisse, Elisabeth emboîta le pas à Luke Terrence et pénétra à sa suite dans une grande salle aux murs carrelés de blanc où s'activaient des dizaines d'infirmières et d'aides-soignantes. Après avoir ouvert l'une des nombreuses portes vitrées qui entouraient un îlot central encombré de téléphones et d'ordinateurs, le médecin s'effaça pour permettre à la jeune femme d'entrer, puis referma le battant derrière elle.

Allongée sur un chariot qu'éclairaient de grosses lampes au néon, le crâne bandé, Caitlin semblait dormir d'un profond sommeil.

— Ne t'en fais pas, ma puce, tout va très bien se passer, murmura Elisabeth. Dans quelques instants, tu monteras à bord d'un magnifique hélicoptère qui te conduira là où habitait Henry avant de venir travailler à Berry Patch. Tu l'aimes beaucoup, Henry, n'est-ce pas ? Et lui aussi, il t'adore. Au lieu de rester à la maison et d'attendre de tes nouvelles, il a tenu à m'accompagner jusqu'ici, tellement il était inquiet. Quant à Sam et à Abby, dès qu'ils sauront ce qui t'est arrivé, ils voudront aller te rendre visite à l'hôpital de Portland. Alors, tu vois, mon ange, personne ne t'abandonnera… Personne, je te le promets, acheva-t-elle, la voix brisée.

« S'il suffisait d'être richissime pour pouvoir sauver un être cher, c'est maintenant que je donnerais toute ma fortune », songea Henry en pénétrant dans la chambre un quart d'heure plus tard et en caressant d'un doigt précautionneux le front pâle de Caitlin.

— Elle est toujours inconsciente ? demanda-t-il à Elisabeth.

— Oui, hélas ! murmura celle-ci, la voix pleine de sanglots.

— Elle m'a dit un soir qu'elle préférerait ressembler à la Belle au bois dormant qu'à Cendrillon. Quelle tristesse que son rêve se réalise dans des circonstances aussi dramatiques.

— Qu'avez-vous fait pendant que j'étais à son chevet ?

— J'ai appelé…

— Vite ! interrompit le Dr Terrence en jaillissant du hall avec deux infirmières et en balayant du regard les moniteurs auxquels Caitlin était reliée par une dizaine de tubes. Il faut l'emmener d'urgence à l'héliport. Sa pression artérielle est en train d'augmenter.

Voyant Elisabeth écraser de son poing fermé la grosse larme qui roulait sur sa joue, Henry lui entoura les épaules d'un bras protecteur et l'entraîna hors de la chambre.

— Brett et Laurel Matthews vous attendront à l'hôpital, lui annonça-t-il. Je leur ai téléphoné et ils m'ont promis de bien s'occuper de vous jusqu'à mon arrivée.

— Quand pourrez-vous me rejoindre ?

— Une fois que je serai allé chercher Sam et Abby à l'école. Je ne veux pas qu'ils apprennent ce qui s'est passé de la bouche d'un surveillant, je préfère leur expliquer la situation par moi-même et les conduire ensuite au chevet de leur petite sœur.

— Qui dirigera le domaine pendant notre absence ?

— Gabriel Logan et son père. Je les ai appelés, eux aussi. Dès qu'ils ont su que Caitlin avait eu un accident, ils se sont portés volontaires et m'ont prié de vous dire qu'ils étaient de tout cœur avec vous.

— Merci de les avoir prévenus.

— Lorsqu'on m'a informé que vous ne pourriez pas monter dans l'hélicoptère à bord duquel voyagerait Caitlin, j'ai également donné un coup de fil à votre compagnie d'assurances.

— Pour quoi faire ?

— Pour qu'un deuxième appareil soit mis à votre disposition.

— Les mutuelles acceptent de rembourser ce genre de frais ?

— Oui, dans certains cas, prétendit Henry.

En réalité, il s'était engagé à payer lui-même le pilote.

— Allez-y ! lança-t-il à Elisabeth quand il vit les infirmières pousser hors de la chambre le chariot où était allongée Caitlin. Sam, Abby et moi vous rejoindrons à Portland cet après-midi.

Puis, dès qu'elle eut quitté le service des urgences, il s'approcha d'un téléphone mural, glissa une pièce de un dollar dans la fente et enfonça d'un doigt fébrile les touches du clavier.

— Allô, Cynthia ! dit-il lorsqu'il perçut un léger déclic au bout de la ligne. Ici, Henry.

— Quel plaisir d'avoir enfin de tes nouvelles ! s'exclama son amie. Comment vas-tu ?

— Ce n'est pas pour te parler de ma santé ni pour te décrire mon séjour à Berry Patch que je t'appelle, c'est pour t'informer que tu as gagné.

— Nous sommes déjà le 28 octobre. Tu n'as pas envie de rester chez les Wheeler jusqu'à dimanche soir et de me prouver que…

— Non. L'aventure est terminée.

— Par où suis-je passée tout à l'heure ? marmonna Elisabeth en arpentant les couloirs de l'hôpital de Portland et en cherchant des yeux l'escalier qu'elle avait emprunté dix minutes plus tôt.

Quand le neurochirurgien qui avait examiné Caitlin à sa descente d'hélicoptère lui avait dit que le seul moyen de sauver la fillette était de l'opérer, elle avait hâtivement signé la décharge qu'il lui présentait puis, laissant Brett et Laurel Matthews dans la salle d'attente, elle était montée au dernier étage pour laisser libre cours à ses larmes. Maintenant, ayant recouvré la maîtrise de ses émotions, elle était adossée à la cloison laquée de bleu qui s'étirait sous une verrière, dans l'attente du passage d'une infirmière qui pourrait l'aider à retrouver son chemin. Elle s'aperçut alors que les rayons du soleil embrasaient une plaque ovale de l'autre côté du corridor.

Croyant que l'inscription gravée dans le bronze l'aiderait à s'orienter, elle traversa le couloir en deux enjambées et lut, ébahie :

— « Cette aile du service pédiatrique a été financée par Henry Davenport à la mémoire de Charles et Lillian Davenport, ses parents. »

« Jamais je n'aurais cru qu'il avait été aussi riche et qu'il avait consacré une partie de sa fortune aux enfants malades, pensa-t-elle après avoir caressé le nom de Henry du bout de l'index. Quel courage il a dû lui falloir pour tirer un trait sur sa vie passée et accepter le modeste emploi que je lui ai offert ! »

— Vous cherchez quelque chose, mademoiselle ? lança une voix féminine dans le dos d'Elisabeth.

— Oui, répondit celle-ci en pivotant tout d'un bloc et en souriant à l'infirmière qui la toisait du haut de son mètre quatre-vingts. J'aimerais savoir où se trouve la salle d'attente.

— Prenez l'escalier que vous apercevez là-bas, au fond du couloir, puis tournez à droite et laissez-vous guider par les flèches.

— Merci. Vous êtes très aimable.

Elisabeth désigna la plaque de bronze que le soleil incendiait et, d'un ton badin, demanda :

— Connaissez-vous le généreux donateur dont il est question ici ?

— Bien sûr ! s'exclama son interlocutrice. Chaque fois qu'il rend visite aux enfants malades, il leur offre tellement de cadeaux qu'ils l'ont baptisé « gentil parrain ».

« Caitlin l'appelle comme cela, elle aussi », pensa Elisabeth au souvenir de la conversation qu'avaient eue la fillette et Henry le lundi précédent.

— M. Davenport a versé une grosse somme d'argent au directeur de l'hôpital pour que soit créée une nouvelle unité de soins néonatals, enchaîna l'infirmière. Les travaux doivent débuter juste après Thanksgiving.

— Quand a-t-il décidé de financer cette unité de soins ?

— Fin septembre.

« C'est impossible, se dit Elisabeth. Je l'ai engagé le 2 octobre et Cynthia Sterling m'a certifié ce jour-là qu'il était ruiné. »

— Vous êtes sûre de… de ce que vous avancez ? bredouilla-t-elle.

— Oui, mais je comprends que vous soyez étonnée. Il est rare qu'un homme qui passe son temps à courir les jolies filles ait une âme de philanthrope. Lorsqu'on lit la rubrique mondaine des journaux et qu'on voit Henry Davenport exhiber à son bras des actrices et des top models, on a du mal à croire qu'il puisse s'intéresser à autre chose qu'à des futilités.

— La presse parle souvent de lui ?

— Très souvent. Pour ne pas savoir qu'il change de petite amie tous les quatre matins, il faudrait être aveugle ou vivre au milieu du désert.

L'esprit confus, Elisabeth salua l'infirmière d'un vague signe de tête et s'élança vers la pièce moquettée de brun où l'attendaient Brett et Laurel Matthews.

— Où étiez-vous passée ? lui demanda Laurel d'un ton inquiet.

— Je suis montée me dégourdir les jambes au dernier étage et je me suis perdue dans les couloirs.

— Voulez-vous que j'aille vous chercher une tasse de café ou un soda ?

— Non, merci. Je préférerais que vous répondiez à cette question : si Henry s'est ruiné à la Bourse et que les huissiers ont saisi sa maison, comment a-t-il pu financer une unité de soins néonatals ?

Laurel toussota, l'air gêné, puis se laissa tomber sur l'une des chaises à dossier métallique disposées autour d'une table basse et, d'un geste de la main, invita Elisabeth à venir s'asseoir près d'elle.

— Henry est un homme merveilleux à qui je dois beaucoup, déclara-t-elle, mais il faut bien reconnaître qu'il a un peu trop tendance à se mêler de ce qui ne le regarde pas. Le 1er avril de chaque année, il organise une fête dans son manoir et, à la fin de la soirée, il offre des vacances originales à deux de ses amis encore célibataires pour les obliger à partir ensemble au bout du monde et à s'avouer leur amour. C'est grâce à lui que Brett et moi avons décidé de nous marier et que Cynthia Sterling s'est fiancée à Cade Waters.

— Avec quel argent achète-t-il les billets d'avion ?

— Avec le sien.

— Il lui en reste encore malgré ce qui lui est arrivé ?

— A dire le vrai, il… il ne lui est rien arrivé de grave.

— Qu'entendez-vous par là ?

— Que le capital dont il a hérité n'a fait que fructifier depuis le décès de Charles et de Lillian. Cynthia vous a raconté qu'il était ruiné parce qu'elle tenait à ce que vous l'engagiez comme ouvrier agricole, histoire de lui donner une bonne leçon et de lui apprendre à jouer les Cupidon.

Hésitant entre la colère et le désespoir, Elisabeth se leva de son siège, les lèvres exsangues, et regagna le corridor d'un pas raide.

— Je vais aller boire une tasse de café, dit-elle sans se retourner.

140

— Voulez-vous que je vous accompagne ? lui proposa Brett.

— Non, murmura-t-elle. Je… j'ai besoin d'être seule.

Seule pour lutter contre les larmes de rage qui lui brûlaient les yeux et pour réfléchir à la manière dont elle annoncerait aux enfants que leur « gentil parrain » était un menteur de la pire espèce. Lorsqu'elle avait rompu ses fiançailles, ni Sam ni Abigail n'avaient souffert de voir Toby Cantrell sortir de leur vie, mais, quand elle leur expliquerait à quelle mascarade s'était prêté Henry pendant quatre semaines, ils auraient le cœur brisé.

Furieuse de s'être laissé enjôler par cet hypocrite et d'avoir cru qu'il éprouvait envers elle autre chose que de la compassion, Elisabeth retira de son portefeuille le chèque que lui avait donné Cynthia un mois plus tôt et le déchira en mille morceaux.

Maintenant que son aventure à Berry Patch était terminée, Henry pourrait se vanter auprès de ses amis de la haute société d'avoir réussi à duper trois orphelins… et à charmer leur grande sœur au point de lui faire oublier que les princes, même ruinés, n'épousaient pas les bergères dans la réalité.

12.

« Heureusement qu'il n'y a pas trop de circulation cet après-midi ! » songea Henry lorsqu'il vit de gros nuages noirs comme de l'encre obscurcir l'horizon et que les premières gouttes de pluie vinrent s'écraser sur le pare-brise du 4x4.

— J'espère que vous n'avez pas peur de l'orage, les enfants ? dit-il à Sam et à Abigail pendant que le tonnerre s'époumonait au-dessus de la nationale et que des trombes d'eau formaient un écran opaque autour de la jeep.

— Non, prétendirent-ils en s'agrippant à la banquette arrière comme à une planche de salut.

— Si vous trouvez la route longue, prenez votre mal en patience. Dans moins de vingt minutes, nous serons à Portland.

— Vous croyez que Caitlin sera morte quand on arrivera ? demanda Abigail d'une toute petite voix.

— Certainement pas ! s'exclama Henry. Le chirurgien qui s'occupe d'elle est l'un des meilleurs du pays et il va la sauver.

— Le week-end où papa et maman ont eu leur accident, Sam et moi, on est allés à l'hôpital avec Bessey et on n'a même pas pu les embrasser.

— Les circonstances sont très différentes aujourd'hui. Caitlin n'a pas été projetée contre un pare-brise, elle est tombée d'un toboggan. Lorsque je l'ai vue ce matin, elle n'avait pas l'air de souffrir.

— Peut-être que son état s'est aggravé depuis et que les médecins n'ont pas réussi à l'opérer.

— Ne dis pas des choses pareilles. Au lieu de dramatiser, tu devrais garder l'espoir et penser très fort à Caitlin pour lui donner le courage de se battre.

— Quand Bessey est montée dans l'hélicoptère, elle avait du chagrin ?

— Enormément, mais elle évitait de le montrer.

— Tu sais bien qu'elle n'est pas du genre à se plaindre, rappela Sam à Abigail. La dernière fois qu'on l'a vue pleurer, c'était le jour où Toby Cantrell l'a laissée tomber.

— Qui était cet homme ? interrogea Henry.

— Le fiancé de Bessey, répondit Sam. S'il n'avait pas été le roi des idiots, il l'aurait épousée.

— Pas obligatoirement. Les grandes personnes ont souvent des raisons d'agir comme elles le font. Des raisons valables et sérieuses qui échappent aux enfants.

— Oh ! Toby en avait une bonne : il ne voulait pas de Caitlin, d'Abby et de moi.

— C'est à cause de vous trois qu'il a rompu avec votre sœur ?

— Oui. Il lui a dit qu'il n'avait pas envie de devenir chef de famille à vingt-quatre ans et Bessey lui a rendu la bague qu'il lui avait offerte. Après cela, elle a été triste pendant toute une semaine.

— Les gens qui abandonnent leurs amis quand il y a un problème sont de sales égoïstes, lança Abigail d'un petit ton sentencieux.

« Je ne vaux pas plus cher que Toby Cantrell, tu sais, faillit lui avouer Henry, les mains crispées sur son volant. Sans l'accident de Caitlin, je n'aurais pas pris conscience de la place que vous teniez dans mon cœur et je vous aurais tourné le dos à la fin du week-end. »

— Vous allez bientôt nous quitter comme cet imbécile de Toby ? demanda Sam entre deux coups de tonnerre.

— Non, affirma Henry avec force. Quoi qu'il arrive, je ne vous laisserai pas tomber.

« Si Elisabeth accepte de m'épouser à condition que je lui promette de palisser ses framboisiers et de moissonner ses champs de blé jusqu'à ce que la mort nous sépare, se dit-il, je m'inscrirai à l'école d'agriculture cet automne et il n'y aura pas de meilleur fermier que moi à Berry Patch. »

— L'œdème dont souffrait Caitlin s'est résorbé et l'I.R.M. n'a révélé aucune lésion cérébrale majeure, déclara le neurochirurgien à sa sortie du bloc opératoire, mais il faut attendre qu'elle se réveille pour savoir quelles séquelles elle gardera de sa chute.

— Que craignez-vous ? demanda Elisabeth d'une voix tremblante d'inquiétude.

— Que son cortex n'ait été endommagé.

— Qu'est-ce que le cortex ?

— La partie externe périphérique de l'encéphale où sont emmagasinés les souvenirs. Quand on a subi un traumatisme crânien, il arrive qu'on soit atteint d'amnésie rétrograde et qu'on mette des semaines à recouvrer toutes ses facultés cognitives. Le cerveau est un organe délicat et les chances de guérison varient selon les patients.

Dès que les infirmières eurent amené Caitlin en salle de réanimation, Elisabeth s'assit à son chevet et fixa, angoissée, l'horrible cathéter qu'on avait introduit dans son cuir chevelu.

— Tiens bon, ma puce ! chuchota-t-elle après avoir déposé sur la main de la fillette un baiser léger comme une aile de papillon. Si tu mourais, je ne pourrais pas le supporter. J'ai déjà perdu plusieurs personnes que j'aimais et je ne veux pas que tu me quittes à ton tour. Alors, ouvre les yeux, je t'en supplie, et montre-moi que tu ne vas pas…

— Laissez-lui le temps de se réveiller, prononça, dans le dos de la jeune femme, une voix qui lui fit oublier son inquiétude l'espace d'un battement de cœur.

— Où sont Sam et Abby ? demanda-t-elle en jetant un regard assassin à Henry.

— Au deuxième étage, avec Brett et Laurel. Vous pensez bien que je ne les aurais pas abandonnés au fond d'un couloir.

— Oh ! inutile de jouer les gentils baby-sitters. J'ai parlé à vos amis et je sais pourquoi vous avez accepté de remplacer Manny. Quand comptiez-vous me dire la vérité ?

— Jamais.

— Ce n'est pas possible ! Vous aviez prévu de vous en aller sans m'avouer ce que Cynthia Sterling et vous aviez comploté ?

— Oui. Comme je n'étais pas très fier de vous avoir menti, j'avais décidé que la meilleure solution était de sortir de votre vie sur la pointe des pieds.

— Jolie formule ! Vous en avez d'autres de la même veine à me proposer ?

— Il est normal que vous soyez en colère, Elisabeth, mais je vous assure que…

— Au lieu de chercher à vous justifier, retournez dans votre monde et fichez-moi la paix !

— Mon monde, c'est le vôtre à présent. Sam, Abby, Caitlin, Ruff, Ritz et vous êtes devenus ma famille.

— Je n'en crois pas un mot. Vous êtes un riche héritier habitué au luxe et à l'oisiveté. Alors, pourquoi iriez-vous vous encombrer d'une modeste serveuse et de trois orphelins ? Laurel Matthews m'a expliqué que, le 1er avril de chaque année, vous preniez beaucoup de plaisir à piéger vos amis encore célibataires et que Cynthia Sterling avait voulu vous punir en vous obligeant à passer quatre longues semaines dans une ferme. Le jour où elle m'a priée de vous engager, j'étais persuadée que vous aviez besoin de gagner votre vie, mais, puisqu'il ne s'agissait que d'une mascarade, j'ai déchiré le chèque de dix mille dollars qu'elle m'avait donné.

— J'ignorais qu'elle vous avait offert une telle somme.

— Eh bien ! maintenant, vous le savez.

— Vous auriez dû garder cet argent et demander à Gabriel de venir réparer le toit de votre maison. Il y a des fuites dans les chambres et il serait grand temps de remplacer les tuiles.

— Non, merci. J'ai horreur qu'on me mène en bateau et qu'on me croie suffisamment vénale — ou suffisamment désespérée — pour dire amen à tout sous prétexte qu'on me paie.

— Vous êtes si honnête et si courageuse que personne ne pourrait vous accuser de cupidité.

— Courageux, vous l'avez été encore plus que moi, je dois le reconnaître. Comme vous avez travaillé dur ces deux dernières semaines et que les bons comptes font les bons amis, vous n'aurez qu'à noter votre adresse sur un bout de papier avant de partir et, dès que je serai de retour à Berry Patch, je vous enverrai un chèque.

— Ce n'est pas de l'argent que je veux, c'est vous.

— Allons donc ! Les jolies filles avec lesquelles vous avez l'habitude de sortir vous consoleront de ne pas avoir réussi à m'attirer dans votre lit. Puisque vous avez un succès fou auprès des actrices et des top models à ce qu'il paraît, je ne vous manquerai pas. A peine aurez-vous quitté cet hôpital que vous vous remettrez en chasse pour débusquer de nouvelles proies.

— Vous vous trompez. Je n'ai pas la moindre envie de vous remplacer et de redevenir celui que j'ai été. Quand je suis entré dans la salle de réa il y a dix minutes, je vous ai entendue confier à votre sœur que vous ne supporteriez pas de perdre un être cher encore une fois. Moi non plus, je ne le pourrais pas. Sam, Abby,

Caitlin et vous êtes la seule vraie famille que j'aie jamais eue et il est hors de question que je vous laisse tomber.

— Arrêtez de dire des choses que vous ne pensez pas ! Si vous nous aviez considérés comme votre « seule vraie famille », vous n'auriez pas abusé de notre naïveté. Tout ce que vous nous avez raconté n'était qu'un tissu de mensonges, n'est-ce pas ? Lorsque vous jouiez à la poupée avec Caitlin, que vous aidiez Abby à apprendre ses leçons, que vous emmeniez Sam à la bibliothèque ou que vous m'embrassiez, vous interprétiez un rôle et rien d'autre. A aucun moment, vous n'avez été sincère.

— C'est faux ! Les quatre semaines que je viens de passer à Berry Patch ont été les plus belles de ma vie.

— Dans ce cas, pourquoi ne m'avez-vous pas avoué que Cynthia Sterling vous avait lancé un défi et que vous l'aviez accepté ?

— Parce que j'avais peur de vous perdre. Si je vous avais parlé de mes petites fêtes du 1er avril et de la punition que Cynthia avait eu l'idée de m'infliger, vous m'auriez détesté. Comme je vous l'ai expliqué un soir, mes parents me reprochaient souvent de n'être qu'un tire-au-flanc et je ne voulais pas que vous pensiez la même chose qu'eux.

— Vu la somme de travail que vous abattiez à la ferme, il aurait été injuste de ma part de vous traiter de fainéant. Malgré votre manque d'expérience, vous m'avez été d'un grand secours.

— Vous oubliez toutes les bêtises que j'ai faites.

— Il est vrai que vous avez accumulé les erreurs au début, mais vous étiez plein de bonne volonté et c'était cela qui importait. Chaque fois que je vous confiais une mission, vous mettiez un point d'honneur à vous en acquitter quels que soient les obstacles que vous rencontriez.

— Quand je réussissais à palisser correctement vos framboisiers, j'avais l'impression d'avoir réalisé un exploit. Avant mon arrivée à Berry Patch, je lézardais au bord de ma piscine du matin au soir et je ne savais pas ce que c'était que d'être fier de soi. Maintenant que j'ai appris à me servir de mes dix doigts et à me rendre utile, je ne tiens pas à rester inactif.

Voyant clignoter l'un des moniteurs alignés de part et d'autre du lit, Elisabeth baissa la tête vers Caitlin et sentit des larmes de joie lui monter aux yeux. Les joues encore pâles, mais le front serein, la fillette levait sur Henry un regard empli d'adoration.

— Pa-pa, articula-t-elle avec difficulté.

— Je suis là, ma chérie, répondit Henry d'un ton affectueux. Et je ne te quitterai plus, je te le promets. Dès que tu seras rétablie, nous retournerons à…

— Que se passe-t-il ici ? demanda une infirmière en pénétrant dans la salle de réanimation.

— Ma petite sœur vient de se réveiller, lui expliqua Elisabeth.

— Vous a-t-elle parlé ?

— Oui. Elle a prononcé un mot.

— Lequel ?

— « Papa », répéta Henry d'une voix que l'émotion enrouait.

Puis, pendant que des médecins et des aides-soignantes accouraient au chevet de Caitlin, il entraîna Elisabeth vers le corridor.

— Vous ne pouvez pas savoir comme je suis soulagée qu'elle ait ouvert les yeux, murmura-t-elle. J'ai eu tellement peur de la perdre !

— Moi, j'étais sûr qu'elle s'en sortirait, car c'est une battante.

— Pourquoi ne l'avez-vous pas reprise quand elle vous a appelé « papa » ?

— Parce qu'elle m'avait demandé un soir de remplacer votre père et qu'au lieu d'accepter je lui avais proposé d'être son bon

148

génie. A ce moment-là, je croyais que je quitterais Berry Patch fin octobre et qu'avoir un gentil parrain à Portland suffirait à combler son besoin d'affection, mais il est évident que je me trompais. Je n'ai donc pas voulu faire la même erreur aujourd'hui et laisser passer ma chance une fois encore.

— Vous tenez réellement à la… à l'adopter ?

— Oui. Rien ne me rendrait plus heureux que de devenir un membre à part entière de votre famille et de regarder grandir Sam, Abby et Caitlin.

— Pour que ce soit possible, il faudrait d'abord que nous nous…

— … mariions ? Evidemment ! Je sais que nous n'avons pas eu très souvent l'occasion de nous retrouver seule à seul, vous et moi, et que nous devons apprendre à mieux nous connaître, mais j'aimerais que vous réfléchissiez à ma proposition. Si vous acceptez de m'épouser, vous pourrez vous réinscrire à l'université et achever vos études ou suivre des cours au Conservatoire de musique et vous remettre à jouer de la harpe. Pendant que vous rattraperez le temps perdu, je dirigerai le domaine avec l'aide de Manny et je m'occuperai des enfants.

— Vous avez déjà tout planifié ?

— Comme vous le voyez. Il ne vous reste plus qu'à me donner votre réponse.

— Etes-vous sûr que ce n'est pas votre sens de l'organisation qui vous incite à me demander ma main ?

Henry attira Elisabeth à lui et lui murmura au creux de l'oreille :

— Absolument. Dès notre première rencontre au Berry Bistrot, je suis tombé sous votre charme et, depuis, je n'ai qu'une hâte, qu'un désir, qu'une envie : vous serrer très fort dans mes bras.

— Pourquoi me l'avez-vous caché ? demanda-t-elle, le cœur affolé.

— Parce que je me trouvais indigne de vous et que je craignais votre réaction.

— Moi aussi, j'ai manqué de courage. Avant de faire votre connaissance, je pensais que tous les hommes étaient des copies conformes de mon ex-fiancé et qu'aucun d'eux ne voudrait s'encombrer de trois enfants. De peur d'être abandonnée une fois de plus, j'avais décidé de rester célibataire jusqu'à la fin de mes jours, mais, lorsque vous êtes venu habiter à la ferme et que vous m'avez réappris à sourire, j'ai su que vous étiez celui dont j'avais longtemps rêvé.

Henry saisit le visage d'Elisabeth entre ses mains puis, d'une voix vibrante d'émotion, demanda :

— Bien que je n'aie ni bouquet de roses ni bague à vous offrir pour le moment, acceptez-vous de m'épouser, mon amour ?

— Oui... oh ! oui, acquiesça-t-elle, le regard étincelant de joie. Il est inutile que vous me couvriez de fleurs et de diamants, car c'est vous que j'aime à la folie, pas votre argent.

Épilogue

Cinq mois plus tard

— Joyeux anniversaire, papa ! s'écria Caitlin avant de venir se jucher sur l'accoudoir du fauteuil où était assis Henry. Tu es content de la petite fête que Bessey, Sam, Abby et moi, on a organisée ?

— Très content, princesse, répondit-il en lui ébouriffant les cheveux.

Les réceptions qu'il donnait naguère dans son manoir de Portland étaient certes plus chic que ce modeste goûter, mais le plaisir éphémère qu'elles lui procuraient n'avait rien de comparable avec l'immense bonheur qu'il éprouvait aujourd'hui.

— Le dessin que tu m'as offert est superbe, ajouta-t-il.

— Forcément ! s'exclama-t-elle. Je me suis appliquée parce que je t'aime.

Puis, vive comme un feu follet, elle sauta sur ses pieds et rejoignit son frère au bas du perron.

« Si quelqu'un m'avait dit il y a un an que je me marierais avant mon trente-cinquième anniversaire et que je serais un papa comblé, je n'aurais pas voulu le croire », songea Henry en tournant la tête vers le fond du living-room et en enveloppant Elisabeth d'un regard ébloui.

Vêtue d'une robe à taille haute qui mettait en valeur son ventre joliment arrondi, un sourire radieux aux lèvres, elle distribuait à Cade, à Cynthia, à Brett, à Laurel et aux Logan des parts du gâteau qu'elle avait confectionné la veille au soir.

— A quoi penses-tu, mon chéri ? demanda-t-elle à Henry dès qu'elle eut fini de faire le service.

— A la chance que j'ai eue de te rencontrer, murmura-t-il, le cœur gonflé de tendresse. Et aux mille et une joies dont se prive Gabriel. Depuis qu'il a accepté de nous construire une maison à côté de la ferme et d'être le parrain de notre futur enfant, il m'arrive souvent de bavarder avec lui et je trouve dommage qu'il soit encore célibataire à trente ans. Tu ne crois pas qu'il devrait suivre mon exemple et se marier ?

— Si, mais n'oublie pas ce que tu as promis à Cynthia ! La première fois que Cade et elle sont venus nous rendre visite à Berry Patch, tu t'es engagé à ne plus organiser d'escapades amoureuses.

— Et j'espère bien tenir parole.

— Tant mieux, car Gabe est assez grand pour se débrouiller tout seul.

« Lorsque j'aurai une matinée de libre, se dit Henry, il faudra quand même que je l'accompagne à Portland et que je lui présente une amie ou deux... »

Chère lectrice,

Vous nous êtes fidèle depuis longtemps?
Vous venez de faire notre connaissance?

C'est pour votre plaisir que nous avons
imaginé un rendez-vous chaque mois
avec vos auteurs préférés, vos
AUTEURS VEDETTE dans les
collections Azur et Horizon.

Les AUTEURS VEDETTE vous
donneront rendez-vous pour de
nouveaux livres vedette.

Pour les reconnaître, cherchez
l'étoile … Elle vous guidera!

Éditions Harlequin

HARLEQUIN

LE FORUM DES LECTEURS ET LECTRICES

CHERS(ES) LECTEURS ET LECTRICES,

VOUS NOUS ETES FIDÈLES DEPUIS LONGTEMPS?

VOUS VENEZ DE FAIRE NOTRE CONNAISSANCE?

SI VOUS AVEZ DES COMMENTAIRES, DES CRITIQUES À
FORMULER, DES SUGGESTIONS À OFFRIR, N'HÉSITEZ
PAS... ÉCRIVEZ-NOUS À:
     LES ENTREPRISES HARLEQUIN LTÉE.
     498 RUE ODILE
     FABREVILLE, LAVAL, QUÉBEC.
     H7R 5X1

C'EST AVEC VOS PRÉCIEUX COMMENTAIRES QUE NOUS
ALLONS POUVOIR MIEUX VOUS SERVIR.

DE PLUS, SI VOUS DÉSIREZ RECEVOIR UNE OU
PLUSIEURS DE VOS SÉRIES HARLEQUIN PRÉFÉRÉE(S)
À VOTRE DOMICILE, NE TARDEZ PAS À CONTACTER LE
SERVICE D'ABONNEMENT; EN APPELANT AU
(514) 875-4444 (RÉGION DE MONTRÉAL) OU 1-800-667-4444
(EXTÉRIEUR DE MONTRÉAL) OU TÉLÉCOPIEUR
(514) 523-4444 OU COURRIER ELECTRONIQUE:
AQCOURRIER@ABONNEMENT.QC.CA OU EN ÉCRIVANT À:
     ABONNEMENT QUÉBEC
     525 RUE LOUIS-PASTEUR
     BOUCHERVILLE, QUÉBEC
     J4B 8E7

MERCI, À L'AVANCE, DE VOTRE COOPÉRATION.

BONNE LECTURE.

HARLEQUIN.

VOTRE PASSEPORT POUR LE MONDE DE L'AMOUR.

ROUGE PASSION

**De fiévreuses histoires
d'amour sensuelles!**

**De provocantes histoires
d'amour passionnées et
romantiques qu'on lit d'une
seule traite. Aventureuses,
parfois humoristiques, et
sensuelles, elles mettent en
vedette des hommes et des
femmes d'aujourd'hui.**

**ROUGE PASSION...
trois nouveaux titres
chaque mois.**

GEN-RP-R

La COLLECTION AZUR
Offre une lecture rapide et

- ☑ *stimulante*
- ☑ *poignante*
- ☑ *exotique*
- ☑ *contemporaine*
- ☑ *romantique*
- ☑ *passionnée*
- ☑ *sensationnelle!*

*COLLECTION AZUR...des histoires
d'amour traditionnelles qui vous
mènent au bout monde!
Cinq nouveaux titres chaque mois.*

♉ ♊ ♋ ♌ ♍
69 L'ASTROLOGIE EN DIRECT
TOUT AU LONG
DE L'ANNÉE.

(France métropolitaine uniquement)
Par téléphone 08.92.68.41.01
0,34 € la minute (Serveur SCESI).

Composé et édité par les
*éditions*Harlequin
Achevé d'imprimer en août 2005

BUSSIÈRE
GROUPE CPI

à Saint-Amand-Montrond (Cher)
Dépôt légal : septembre 2005
N° d'imprimeur : 51975 — N° d'éditeur : 11574

Imprimé en France